Палеовизит
для
«чайников»

Палеовизит – возможное посещение в древности Земли инопланетянами. В современной научной публицистике концепция палеовизита наиболее полно представлена тремя книгами русского писателя Эдвига Арзуняна: «Инопланетяне в Библии» (Нью-Йорк, Lifebelt, 2003), «Бог был инопланетянином» и «Загадка воскрешения Иисуса Христа» (обе – Ростов-на-Дону, Феникс, 2006).

Настоящее издание представляет собой упрощенную версию проблем палеовизита.

ОГЛАВЛЕНИЕ

ПРЕДИСЛОВИЕ

Несколько лет тому назад мой школьный товарищ писатель Эдвиг Арзунян прислал мне несколько книг, в которых он освещает концепцию палеовизита. С большим трудом я одолевал написанное из-за большого объема и огромного количества исследованного материала.

- Напиши попроще и покороче, для «чайников», – обратился я к товарищу. – А то трудно читать не специалисту.

- Ну, вот, ты и напиши, – отшутился товарищ.

Прошло еще несколько лет, и я последовал совету товарища. Правда, некоторые моменты я изменил. Рука иногда уводила меня в сторону от оригинала. Очень уж материал интересный и спорный.

При чтении некоторых мест Библии, описанные там Бог и ангелы у нас невольно ассоциируются с инопланетянами. И чем больше вчитываешься в эту древнюю книгу, – тем больше таких ассоциаций. А когда начинаешь читать еще и другую литературу, тематика которой так или иначе пересекается с Библией, то ассоциация Бога и ангелов с инопланетянами становится уже привычной.

С этих позиций и будем излагать древние источники. Как писал К. Э. Циолковский: «Последующее есть не чистое знание, а помесь точной науки с философскими рассуждениями. Они могут быть приняты и не приняты. Лучше это, чем блуждание в потемках оккультизма и спиритизма».

Повторим за Циолковским: лучше привлечь фантазию и догадки, чем блуждать в потемках.

ВСТУПЛЕНИЕ

«Встречная» космонавтика

В 1961 году впервые на орбиту вокруг планеты Земля был запущен человек – Юрий Гагарин. А в 1969 году американский астронавт Нейл Армстронг впервые в жизни человечества ступил на другое небесное тело, т.е. на Луну. Так на глазах нашего поколения началась космическая эра.

Но еще за полвека до этого основоположник современной космонавтики Константин Эдуардович Циолковский писал: *«Трезвость» науки не допускала до сих пор межпланетных сношений. Теперь это мнение поколеблено даже учеными, но большинство их еще не задето новыми идеями и относится к ним или равнодушно, или враждебно. Несколько ранее, кроме очевидных фантазеров, никто не допускал возможности небесных сношений, в особенности путешествий вне Земли. Поэтому установилось мнение, что они невозможны. А если так, то все факты, доказывающие эти сношения, если они были, беспощадно отрицались людьми науки. Так же ими отрицалось и падение небесных камней на Землю (метеоритов), так же долго не видели они и солнечных пятен. Такова сила предубеждения... Между тем отмечено в истории и литературе множество необъяснимых явлений. Большинство их, без сомнения, можно отнести к галлюцинациям и другого рода заблуждениям, но все ли? Теперь, ввиду доказанной возможности межпланетных сообщений, следует относиться к таким «непонятным» явлениям внимательнее»*.

К. Э. Циолковский упредил модную сейчас тему внеземных цивилизаций – а это значит, что те, кто увлекаются идеями Дэникена, Ситчина и др. должны признать именно Циолковского их предтечей.

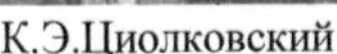

К.Э.Циолковский | М.М.Агрест | А.Д.Сахаров | И.С.Шкловский

СПРАВКА: Эрих фон Дэникен (род. в 1935 г.) – швейцарский писатель и кинорежиссер, уфолог. Захария Ситчин (1920-1970) – американский писатель. Приверженец и популяризатор теории о палеоконтактах и инопланетном происхождении человека.

Эрих фон Дэникен | Захария Ситчин | Вернер фон Браун | Карл Саган

Продолжим цитировать Циолковского: *«На всех планетах с атмосферами в свое время проявились зачатки жизни. Но на некоторых из них, в силу условий, она пышнее и быстрее расцвела, дала существам техническое и умственное могущество и стала источником высшей жизни для других планет вселенной. Они стали центрами распространения совершенной жизни». «Множество планет старше Земли. Они успели уже выработать эти высшие существа, о которых мы только мечтаем. Таким образом, вселенная полна ими. Они в космосе не представляют диковинки, а напротив – явление заурядное. Малый возраст Земли и подобных планет с незрелым населением – исключение. Мир битком набит такими богами».*

Объективности ради заметим, что после Циолковского одним из ведущих ученых в области космонавтики был Вернер фон Браун, наш противник во Второй Мировой войне. Он еще в юности под впечатлением от книги Жюля Верна «Из пушки на Луну» начал писать собственный роман о космическом рейсе к Марсу. А в 1948 году, живя в США, переписал роман, назвал его «Марс-проект» и послал в нью-йоркское издательство.

Причем Вернер фон Браун, в отличие от Жюля Верна, был не писателем, а ученым мирового уровня, – и можно не сомневаться, что его «Марс-проект» был тщательно проштудирован как американскими, так и советскими учеными.

СПРАВКА: Браун Вернер фон (1912-77), конструктор ракет. Один из руководителей германского военного исследовательского центра в Пенемюнде (1937-45), в котором была создана ракета V-2 (Фау-2), примененная немецким командованием для обстрела городов Великобритании и Бельгии. С 1945 в США, под его руководством разработаны ракеты «Редстоун», «Юпитер», ракеты-носители серии «Сатурн» и др.

Надо сказать, что Циолковский – отнюдь не единственный из советских ученых, писавших об инопланетянах еще до полета Гагарина: *«Одна из первых научных гипотез о посещении Земли в доисторические времена инопланетянами впервые была выдвинута в начале 1930-х гг. профессором Ленинградского университета и Ленинградского политехнического института Рыновым, одним из зачинателей авиационного дела в России, автором работ по реактивным двигателям, соратником Жуковского, основоположника научной базы российского самолетостроения... И, наконец, в 1960 году появилась детально аргументированная гипотеза советского математика, астронома, физика-атомщика Агреста, предложившего материальные доказательства пребывания на Земле посланцев иных миров в далеком прошлом. Будучи глубоко засекреченным ученым, вследствие своей работы над ядерным оружием, Агрест втечение нескольких лет не имел возможности изложить свою гипотезу самостоятельно. И авторами первого изложения ее, в силу ряда житейских обстоятельств, оказались два московских журналиста, опубликовавших 9 февраля 1960 года в «Литературной газете» сенсационную статью. Одним из этих журналистов был автор этих строк»*

(В. Рабинович-Рич, «Пришельцы»).

А уже после полета Гагарина советский ученый, астроном, астрофизик, член-корреспондент АН СССР, лауреат Ленинской премии, И. С. Шкловский писал: *«Основная идея М. М. Агреста, сформулированная им в 1959 г., состоит в следующем. Предположим, что инопланетные астронавты некогда посетили нашу Землю и встретились с людьми. В этом случае столь необыкновенное событие должно было найти свое отражение в легендах и мифах. Для примитивных аборигенов Земли астронавты должны были представляться как существа божественной природы, наделенные сверхъестественным могуществом. Особое значение в таких мифах должно было отводиться небесам, откуда прилетели эти загадочные существа и куда они потом, по всей вероятности, «вознеслись». Эти «небожители» в принципе могли обучать землян полезным для них ремеслам и даже основам наук, что также должно было найти отражение в легендах и мифах».*

На семинаре в Лас-Вегасе в 1993 г. Агрест выступил с докладом, в котором подытожил свои идеи:

«1. Земля по крайней мере однажды посещалась внеземными астронавтами.

2. Эти астронавты были человекоподобными, антропоморфными существами.

3. Во Вселенной много планет, населенных разумными существами.

4. Антропоморфизм («образ и подобие») разумных существ является универсальным принципом.

5. Пора привести базовую философию жизни на Земле в соответствие с четырьмя вышеперечисленными выводами».

Иосиф Шкловский, астрофизик: *"Жизнь есть закономерный этап развития материи во Вселенной. Тем более это относится к разумной жизни.*

Учитывая, что число всех звезд в нашей звездной системе около 150 млрд., мы приходим к довольно «утешительному» выводу: по крайней мере у миллиарда звезд нашей Галактики могут быть планетные системы, на которых в принципе возможна жизнь.

Можно ли вообще называть работы о разумной жизни во Вселенной научными? Автор этой книги глубоко убежден, что заниматься этой проблемой нужно и даже необходимо и что уже сейчас это можно делать на достаточно высоком научном уровне. При таком анализе необходимо, естественно, сделать предположение, что наша человеческая цивилизация – одна из очень многих и не представляет собой уникального явления во Вселенной. Более того, можно в первом приближении считать, что наша земная цивилизация – довольно типичное проявление разумной жизни во Вселенной.

Если считать, что при выполнении самых общих условий на планетах возникает жизнь, число обитаемых миров в Галактике должно быть порядка миллиарда. На некоторых планетах развитие жизни могло зайти так далеко, что появились разумные существа, которые создали цивилизации, вооруженные всеми достижениями науки и техники.

Подобно тому как деятельность каждого отдельного индивидуума привносит определенный, хотя, конечно, и очень маленький вклад в развитие общества, развитие цивилизации на какой-нибудь планете может дать вклад в общее развитие разумной жизни в масштабах Вселенной. Наконец, подобно тому как участие индивидуума в развитии общества немыслимо без контактов его с другими индивидуумами, вклад данной цивилизации в развитие разумной жизни во Вселенной возможен только при условии контактов ее с другими инопланетнями цивилизациями".

"Чтобы положение, в котором находятся астрономы, стало более понятным, вообразим себе оснащенную самыми лучшими современными инструментами большую обсерваторию, расположенную на Марсе. Могут ли воображаемые марсианские астрономы, работающие на этой первоклассной обсерватории, доказать наличие жизни на Земле? Несомненно, они наблюдали бы сезонные изменения цветов отдельных больших пространств на Земле, например, массивов наших пахотных земель и лесистых стран умеренного пояса. Марсианские теоретики, однако, наверняка придумали бы ряд гипотез, объясняющих такие изменения, и среди них была бы гипотеза о возможности жизни на Земле... Вряд ли они пришли бы на основе таких наблюдений к выводу о наличии жизни на нашей планете, тем более – разумной жизни".

Андрей Сахаров, (1921-1989) — советский физик, академик, один из создателей первой советской водородной бомбы, трижды Герой Социалистического труда, лауреат Ленинской и Сталинской премий писал: *«Я предполагаю расширение попыток установления связи с инопланетными цивилизациями... Вероятно, к концу 50-летия начнется хозяйственное освоение поверхности Луны».*

В наши дни становится очевидным, что это пророчество о начале хозяйственного освоения Луны, скорей всего, действительно осуществится к указанному Сахаровым сроку – 2024 год.

Георгий Гречко, советский космонавт:
"Теперь я думаю, что инопланетяне действительно бывали на Земле. Но очень давно". (Ерошова А., Чижиков М., "Мнение специалиста").

Аналогичного мнения придерживались и многие зарубежные ученые.

Фрэнсис Крик, английский биофизик, лауреат Нобелевской премии: *«Не исключено, что «они» захотели превратить Землю в нечто вроде резервации или естественного межгалактического парка, где зародятся и сохранятся живые виды, которые не достигли совершенства в процессе эволюции и остались намного позади других, но все же могут быть полезны как запасы генов или просто как природные достопримечательности»* («На нашей Луне кто-то есть!»).

Карл Саган, американский астроном: *«Мне кажется гораздо более вероятным, что Космос до краев наполнен жизнью. Просто мы, люди, еще не знаем этого. Мы только начинаем свои исследования...»*

Альфред Уорден, американский астронавт: *"На мой взгляд, Вселенная должна быть циклической; в одной галактике какая-то планета становится безжизненной, а в совсем другой части этой же или совсем другой галактики существует планета с подходящими для развития жизни условиями, и я вижу разумных существ, похожих на нас, которые перескакивают с планеты на планету, подобно тому, как племена в южной части Тихого океана перебирались с острова на остров, чтобы выжить. Я думаю, что мы можем представлять собой комбинацию существ, которые населяли Землю в далеком прошлом, и пришельцев из другой части Вселенной; эти два вида смешались и дали потомство..."*

Итак, начало космической эры в 60-х годах XX в. н. э. кардинально изменило подход к теме иноземных цивилизаций, а значит и к теме пришельцев из космоса. Ведь если космонавтика с Земли на небо – свершившийся факт, то точно так же возможна и встречная космонавтика: с неба на Землю.

Приведем, например, такой пересказ эпизода из Каббалы – о встрече на Земле с жителем другой планеты: *«Иосиф спрашивает у чужака, откуда он прибыл, и тот отвечает:*

– Я житель Арквы.

Удивленный рабби Иосиф спрашивает:

– На Аркве есть живые существа?

Чужак отвечает:

– Да. И когда я вас увидел, я вышел из убежища, чтобы спросить название планеты, на которой я нахожусь…

Обитатели Арквы посещают все миры и говорят на всех языках».

СПРАВКА: Каб(б)ала – еврейское эзотерическое учение с элементами магии и мистики.

А вот что можно прочитать в индийском тексте:
"…бог Шива выходит из отверстия лингама, в котором он спустился с неба на землю в огненном столпе".

Может быть, лингам – это капсула летательного аппарата, спустившегося на землю, а индийские боги - инопланетяне?

СПРАВКА*: *Лингам, в индуизме символ Шивы и его плодородия. Почитается в виде каменного столба, изображающего мужской половой орган. Капсула – отделяемая часть космического летательного аппарата, достигающая поверхности небесного тела.

"Бесчисленные страницы древнеиндийской литературы читаются как самые настоящие фантастические романы. Перелистывая их, мы знакомимся с богоподобными существами, которые обитали в громадных орбитальных городах-станциях, узнаем о космических летательных аппаратах («колесницах»), в которых боги спускались на землю и вновь возносились в небеса, о войнах на земле и в воздухе, а также о применении удивительного и грозного оружия". (Анке и Хорст Дункель, "Индия: «крылатые колесницы» и «небесный огонь»).

А вот что думают о разумной жизни на других планетах современные немцы по опросу 2002 года: "Почти половина немцев – 49,7 % – верят в существование иноземных цивилизаций. Такой итог дал репрезентативный опрос, проведенный авторитетным центром социологических исследований «Эмнид» по заказу германского научного журнала «Бильд дер виссеншафт». Противоположного мнения придерживается 43,4 % опрошенных, а 6,9 % этим вопросом просто не задавались»". ("Во что верят немцы").

Митродор (Греция III век до н. э.): *"Считать Землю единственным населенным миром в беспредельном пространстве было бы такой же вопиющей нелепостью, как утверждать, что на громадном засеянном поле мог бы вырасти только один пшеничный колос»".*

Лукреций Кар (Италия I век до н. э.): *"Весь этот видимый мир вовсе не единственный в природе, и мы должны верить, что в других областях пространства имеются другие земли с другими людьми и другими животными".*

Джордано Бруно (XVI век н. э.): *"Существуют бесчисленные солнца, бесчисленные земли, которые кружатся вокруг своих солнц, подобно тому как наши семь планет кружатся вокруг нашего солнца... На этих мирах обитают живые существа".*

С вниманием к теме инопланетян относился, видимо, и сам Папа Римский. Во всяком случае, главный астроном Римско-католической церкви Габриэль Фюнес в своей статье, опубликованной в ватиканской газете, писал, что в космосе могут обитать иные разумные существа, тоже сотворённые Богом. Статья называлась: «Инопланетяне – братья мои».

Отец Фюнес возглавляет обсерваторию Ватикана. Он является международно признанным специалистом и сотрудничает с университетами в разных странах. По мнению священника, поиск инопланетной жизни не противоречит вере в Бога.

Феномен Бержерака и Свифта

Сирано де Бержерак (1619-1655). Мы знаем Бержерака в основном, как героя известной пьесы Эдмона Ростана. Реальный же Сирано де Бержерак был французским писателем и драматургом средних веков, проживший короткую, хотя и бурную жизнь.

В его повести – или трактате – «Иной свет, или Государства и империи Луны», изданной в 1656 году, имеются весьма любопытные для современного читателя места.

1. Вот как он описывает, например, свой фантастический полет на Луну: *«Как только пламя уничтожило один ряд ракет, – они были расположены по шесть штук, – благодаря запалу, помещенному в конце каждого ряда, загорался другой ряд; таким образом, по мере того как селитра загоралась, опасность отдалялась и вместе с тем возрастала. Наконец селитра вся сгорела, и машина перестала действовать; я уже думал, что сложу голову на вершине какой-нибудь горы, но вдруг почувствовал, что, хоть я и совершенно не шевелюсь, я все же продолжаю подниматься вверх, зато машина покидает меня и падает на Землю… Когда я затем посчитал, что пролетел уже три четверти расстояния, отделяющего Землю от Луны, я вдруг заметил, что лечу ногами вверх, хотя я и не перекувыркнулся. «Ведь масса Луны меньше массы нашей Земли, – рассуждал я, – значит, и воздействует она на меньшее пространство, поэтому-то я позднее почувствовал на себе силу ее притяжения»».*

Не правда ли, поразительно: задолго до изобретения паровой машины и двигателя внутреннего сгорания, современник Людовика XIV и трех мушкетеров – «угадал» будущую роль ракетного двигателя в межпланетных сообщениях! Мало того: «угадал» и такие подробности, как многоступенчатость космического корабля, отделение от него отработанной части и ощущения пассажира космического корабля при переходе в сферу притяжения Луны! Эти рассуждения Бержерака о притяжении Луны тем более удивительны, – что книга знаменитого английского ученого Исаака Ньютона «Математические начала натуральной философии», в которой сформулирован закон всемирного тяготения, опубликована лишь в 1687 году, через три десятка лет после книги Бержерака!

Эйнс, гравюра, 1655. Портрет Сирано де Бержерака.

2. Вот что подарил автору некий «демон» – житель Луны: *«Сняв футляр, я нашел в нем нечто металлическое, напоминающее наши стенные часы и наполненное какими-то пружинами и едва видимыми механизмами. На самом деле это книга, но книга чудесная, без страниц и букв; словом, книга, для чтения которой не требуется зрения, нужны только уши. Желающий почитать книгу заводит с помощью множества ключиков механизм, поворачивает стрелку на ту главу, которую он хочет услышать, и тотчас же из книги, как из человеческого горла или из музыкального инструмента, начинают раздаваться разнообразные*

отчетливые звуки, служащие обитателям Луны для выражения мыслей и чувств».

А ведь даже фонограф – предшественник граммофона – изобретен Томасом Алва Эдисоном лишь два столетия после издания книги Бержерака: в 1877 году!

3. Электрические лампочки: *«...Он поспешил в свою комнату и тотчас же вернулся, неся два сосуда со столь ярким огнем, что все удивились,*

как это он не опалил себе руки.

- Эти неугасимые светочи послужат нам лучше, чем светлячки. Тут солнечные лучи; я очистил их от жара, иначе жгучая сила их огня испортила бы вам зрение и вы ослепли бы; свет я выделил и заключил в прозрачные шары, которые у меня в руках».

Считается, что Лодыгин изобрел электрическую лампочку в 1872 году и Эдисон усовершенствовал ее в 1879 – опять же через два столетия после издания книги Бержерака!

Впрочем, упоминания об искусственном освещении разбросаны и во многих более древних источниках.

4. Клетки человеческого тела и микробы: *«...Может, наша плоть, кровь, ум – не что иное, как соединение крошечных существ, которые разговаривают между собою, приводят, двигаясь, в движение наши тела и, слепо позволяя нашей воле, служащей для них возницей, переносить их с места на место, сами ведут нас куда-то и сообща творят то, что мы именуем Жизнью... Почувствовав опасность, эти крохотные существа обращаются за помощью к соседям, и те сбегаются со всех сторон, местность же оказывается тесной для такого количества народа, и они умирают как от голода, так и в давке, от удушья. Гибель наступает тогда, когда нарыв созреет; отмершая ткань становится нечувствительной, это доказывает, что животные задохлись; кровопускание, которое прописывают, чтобы предупредить воспаление, часто приносит пользу, ибо множество крохотных существ погибает, выходя из отверстия, которое они хотели закупорить, и отказываются помочь союзникам, а сил,*

чтобы защищаться порознь, каждый за себя, у них недостаточно».

Давайте вспомним, когда это писалось. Сообщение о наблюдениях нидерландским натуралистом Антони ван Левенгуком микроорганизмов через специально изготовленную им линзу с 300-кратным увеличением (предшественницу микроскопа), было опубликовано в 1673 году, на 17 лет позже издания книги Бержерака!

5. Вселенная: *«...Полагаю, что планеты – это миры, вращающиеся вокруг Солнца, а неподвижные звезды – тоже солнца, вокруг которых тоже есть планеты, т. е. миры, которые мы не видим из-за их малой величины, а также потому, что их заимствованный свет не доходит до нас.*

– Однако, – возразил он мне, – если, как вы утверждаете, неподвижные звезды – те же солнца, из этого можно было бы заключить, что Вселенная бесконечна, ибо обитатели тех миров, которые расположены вокруг неподвижной звезды, принимаемой вами за Солнце, видят над собою другие неподвижные звезды, которые нам отсюда не видны, – и так до бесконечности».

Бержерак пошел даже дальше Коперника и Галилея, отказываясь признать центром Вселенной не только Землю, но и Солнце – и объявляя Вселенную бесконечной, как это принято современной нам наукой!

Когда окинешь взглядом все разнообразие «провидений» Бержерака, – то приходишь к мысли, что это не просто догадки. Можно угадать один, два таких феномена, – но больше?..

Похоже, что Бержерак то ли читал древние рукописи, не сохранившиеся до наших дней, то ли действительно встречался с инопланетянами.

Ныне имя Сирано де Бержерака занесли в один общий список нестандартных знаний наряду с йогой, иглоукалыванием, гипнозом, шахматами и некоторыми другими, как еще одно «свидетельство палеовизита», то есть - посещения Земли в прошлом космическими пришельцами с иных планет.

СПРАВКА: Одним из направлений проверки посещения Земли пришельцами из космоса является проверка знаний и достижений, которые считаются аномальными, преждевременными и не характерными для той или иной эпохи.

Взлет Бержерака на иллюстрации к его книге.

Джонатан Свифт (1667-1745). Джонатан Свифт известен широкой публике как англо-ирландский писатель-сатирик, публицист, философ, поэт и общественный деятель и, главным образом, как автор знаменитого романа «Путешествия Гулливера». Но обратите внимание на его фантазии, в которых он угадал многое, что сейчас стало реальностью.

1. Когда герой романа "Путешествия Гулливера" оказался на необитаемом острове, *"вдруг стало темно, но совсем не так, как от облака, когда оно закрывает солнце. Я оглянулся назад и увидел в воздухе большое непрозрачное тело, заслонившее солнце и двигавшееся по направлению к острову; тело это находилось, так мне казалось, на высоте двух миль и закрывало солнце в течение шести или семи минут; но я не ощущал похолодания воздуха и не заметил, чтобы небо потемнело больше, чем в том случае, если бы я*

стоял в тени, отбрасываемой горой. По мере приближения ко мне этого тела оно стало мне казаться твердым; основание же его было плоско, гладко и ярко сверкало, отражая освещенную солнцем поверхность моря. Я стоял на возвышенности в двухстах ярдах от берега и видел, как это обширное тело спускается почти отвесно на расстоянии английской мили от меня. Я вооружился карманной зрительной трубой и мог ясно различить на нем много людей, спускавшихся и поднимавшихся по отлогим, по-видимому, сторонам тела; но что делали там эти люди, я не мог рассмотреть.

Портрет Джонатана Свифта, 1850

Естественная любовь к жизни наполнила меня чувством радости, и у меня явилась надежда, что это приключение так или иначе поможет мне выйти из этого пустынного места и отчаянного положения, в котором я находился. Но, с другой стороны, читатель едва ли будет в состоянии представить себе, с каким удивлением смотрел я на парящий в воздухе остров, населенный людьми, которые (как мне казалось) могли поднимать и опускать его или направлять вперед по своему желанию".

Ну, чем не орбитальная станция наших дней? А ведь писали это не Стругацкие или Брэдбери, наши современники, – а писатель, который жил за два с половиной века до нас и на один век позже Бержерака.

Игра фантазии гениального англичанина? Да, можно было бы так подумать, если бы не еще некоторые образы его романа.

2. *"...Они открыли две маленькие звезды, или спутника, обращающихся около Марса..."*

Но дело в том, что современной астрономии эти спутники стали известны лишь в 1877 году, когда их открыл американский астроном Холл, – т. е. через полтора века после написания "Путешествий Гулливера".

3. А вот некоторые проекты ученых сатирически описанной Свифтом *"Великой Академии в Лагадо"*. Автор упоминает эти проекты как бы лишь для того, чтобы посмеяться над ними, – но удивительно, что четверть тысячелетия спустя, в наши дни, они оказываются не такими уж бессмысленными:

"Восемь лет он разрабатывал проект извлечения солнечных лучей из огурцов; добытые таким образом лучи он собирался заключить в герметически закупоренные склянки, чтобы затем пользоваться ими для согревания воздуха в случае холодного и дождливого лета".

Разве это не прообраз электричества?

"С первого дня своего вступления в Академию он занимается превращением человеческих экскрементов в те питательные вещества, из которых они образовались, путем отделения от них нескольких составных частей, удаления окраски, сообщаемой им желчью, выпаривания зловония и выделения слюны".

В наши дни космонавты уже пользуются водой, добытой из мочи.

"Там был также весьма изобретательный архитектор, разрабатывавший способ постройки домов, начиная с крыши и кончая фундаментом".

Сейчас стали использовать такой метод при строительстве домов.

"Станок этот имеет двадцать квадратных футов и помещается посредине комнаты. Поверхность его состоит из множества деревянных дощечек, каждая величиною в игральную кость, одни побольше, другие поменьше. Все они

сцеплены между собой тонкими проволоками. С обеих сторон каждой дощечки приклеено по кусочку бумаги; на этих бумажках написаны все слова их языка, в различных наклонениях, временах и падежах, но без всякого порядка. Профессор попросил меня быть внимательнее, так как он собирался пустить в ход свою машину. По команде этого ученого мужа каждый ученик взял железную рукоятку, которые в числе сорока были вставлены по краям станка; после того как ученики сделали несколько оборотов рукоятками, расположение слов совершенно изменилось. Тогда профессор приказал тридцати шести ученикам медленно читать образовавшиеся строки в том порядке, в каком они разместились в раме; если случалось, что три или четыре слова составляли часть фразы, ее диктовали остальным четырем ученикам, исполнявшим роль писцов. Это упражнение было повторено три или четыре раза, и машина была так устроена, что после каждого оборота слова принимали все новое расположение по мере того, как квадратики переворачивались с одной стороны на другую. Молодые студенты занимались этими упражнениями по шести часов в день; и профессор показал мне множество томов in-folio, составленных из подобных отрывочных фраз; он намеревался связать их вместе и из полученного таким образом материала дать миру полный компендий всех искусств и наук; эта работа могла бы быть, однако, еще более улучшена и значительно ускорена, если бы удалось собрать фонд для сооружения пятисот таких станков в Лагадо и сопоставить фразы, полученные на каждом из них".

Чем не компьютер? Принципиальная возможность создания подобных сложных интеллектуальных машин в древности подтверждается и такой археолгической находкой: *"В районе Антикифера греческие ныряльщики в 1900 году нашли обломки древнего корабля, нагруженного мраморными и бронзовыми статуями. Сокровища искусства были конфискованы, и позднейшие исследования показали, что корабль затонул, видимо, во времена Христа. Среди всякого старого хлама при сортировке была найдена бесформенная глыба, значение которой оказалось бóльшим, чем значение всех статуй вместе взятых. После обработки и тщательного препарирования обнаружилась бронзовая плита с кругами, надписями и зубчатыми колесами, и вскоре выяснилось, что надписи должны иметь отношение к астрономии. Когда многие отдельные детали были очищены, открылась странная конструкция, настоящая машина с подвижными указателями, сложными шкалами и металлическими пластинками с надписями. Машина располагает более чем двадцатью колесиками, разновидностью дифференциальной передачи и корончатой шестерней. Сбоку находится вал, который, когда его вращают, приводит все шкалы в движение с различными скоростями. Указатели защищены бронзовыми клапанами, на которых можно прочесть длинные надписи. Американский профессор Сол Прайс интерпретировал аппарат как разновидность вычислительной машины, с помощью которой можно было рассчитывать движение Луны, Солнца и, вероятно, планет. Кто приезжает в Афины, не должен пропустить «машину из Антикифера»; она находится в Национальном археологическом музее".*

И такая машина существовала за полтора тысячелетия до Джонатана Свифта!

4. "...Изредка у кого-нибудь из лаггнежцев рождается ребенок с круглым красным пятнышком на лбу, как раз над левой бровью; это служит несомненным признаком, что такой ребенок никогда не умрет".

Отзвук сведений о бессмертных инопланетянах?

5. "Я заметил поодаль множество людей в одежде слуг с наполненными воздухом пузырями, прикрепленными наподобие бичей к концам коротких палок, которые они держали в руках. Как мне сообщили потом, в каждом пузыре находились сухой горох или мелкие камешки. Этими пузырями они время от времени хлопали по губам и ушам лиц, стоявших подле них, значение каковых действий я сначала не понимал. По-видимому, умы этих людей так поглощены напряженными размышлениями, что они не способны ни говорить, ни слушать речи собеседников, пока их внимание не привлечено каким-нибудь внешним воздействием на органы речи и слуха; вот почему люди достаточные держат всегда в числе прислуги одного так называемого хлопальщика (по-туземному "клайменоле") и без него никогда не выходят из дому и не делают визитов. Обязанность такого слуги заключается в том, что при встрече двух, трех или большего числа лиц он должен слегка хлопать по губам того, кому следует говорить, и по правому уху того или тех, к кому говорящий обращается. Этот хлопальщик равным образом должен неизменно сопровождать своего господина на его прогулках, и в случае надобности легонько хлопать его по глазам, так как тот всегда бывает настолько погружен в размышления, что на каждом шагу подвергается опасности упасть в яму или стукнуться головой о столб, а на улицах – спихнуть других или самому быть спихнутым в канаву".

Вот и сотовый телефон! Все чаще мы встречаем одиноких пешеходов, которые как бы говорят сами с собой, – причем не бормочут, а говорят громко и выразительно, что подразумевает все-таки наличие собеседника; они идут, ничего не видя вокруг, целиком погруженные в разговор с невидимым нами собеседником.

Как мог Свифт провидеть то, что вошло в быт лишь три века после него?

В общем, совокупность подобных описаний в романе говорит о том, что Свифт – как и Бержерак – тоже соприкасался каким-то образом с инопланетным знанием.

6. И еще одна добавка, из ранее не публиковавшихся фрагментов его романа о Гулливере, – по сути предвосхищение будущего кинематографа:

"Устройство это представляло собой круг с нарисованными по его краю фигурами человека в мой рост и с узкими прорезями, разделявшими их. Вращая этот круг и глядя сквозь его прорези в зеркало, можно было видеть, что человек пускается в бег, как живой. Мне казалось, что это я сам бегу от напастей своей судьбы. Таких кругов у короля было немало, целая коллекция. Достаточно было надеть один такой на стержень и крутануть перед зеркалом, как

представление начиналось... Так я с восторгом просмотрел вслед за бегом человека бег лошади, полет утки, прыжки лягушки, драку собаки с кошкой, а под конец король с торжествующей улыбкой продемонстрировал мне соитие мужчины и женщины".

Согласно историческим данным, подобные устройства стали появляться лишь спустя столетие: в 1829 году – анортоскоп бельгийца Жозефа Плато, в 1833 году – стробоскоп австрийца Симона фон Штампфера и др.

Полёт фараона

Вот как описывается полет фараона в египетском древнем тексте:

«Пересекает небо он, подобно Ра; как Тот, летит по небесам... Проносится над землями он Хора, проносится над землями он Сета... Он дважды облетел вокруг небес...» (Ситчин, Лестница).

СПРАВКА: Ра, в древнеегипетской мифологии бог солнца, почитался как царь и отец богов; Тот, древнеегипетский бог мудрости и луны. Постоянный спутник и советник верховного бога Ра; Гор, покровитель власти фараона, который считался земным воплощением Гора, сын Осириса и Исиды; Сет, в египетской мифологии божество пустыни, противопоставлялся Осирису как олицетворение войны, засухи, смерти.

Из четырех упомянутых тут богов фараон сравнивается лишь с двумя летающими: Ра и Тотом. А дальше: *«Он дважды облетел вокруг небес»*, – т. е. сделал два оборота по орбите вокруг нашей планеты?

И еще – из книги советского египтолога о полете фараона говорится: *«Летит летящий. Он улетает от вас, люди, ибо он не принадлежит земле, он принадлежит небу...»*

СПРАВКА: Коростовцев Михаил Александрович (1900-1980), российский египтолог, академик АН СССР.

Так, может быть, в древности действительно, если не человек, то инопланетянин был на орбите земли?

Изобразительное искусство

Текстовые следы инопланетян на нашей планете иногда неплохо дополняются изобразительными.

Слева скульптура фараона Аменхотепа III. Похоже, что он стоит тут на одноместном летательном аппарате, с двигателем то ли на воздушной подушке, то ли гравитационном – и с парой лыж внизу для приземления, как у современных нам вертолетов. Причем, обеими руками он держится за рычаги управления.

СПРАВКА: Аменхотеп III, египетский фараон ок. 1405-1367 до н. э., из XVIII династии. При нем могущество Египта достигло апогея, сооружены храм Амона-Ра в Луксоре и заупокойный храм с огромными статуями Аменхотепа III.

А рядом уже – летательный аппарат бога Хонсу.

СПРАВКА: Хонсу, в египетской мифологии лунное божество, бог-повелитель времени, покровитель медицины, сближавшийся с Тотом.

Данное изображение Хонсу включено также в «Энциклопедию ангелов» – с подписью *«Четырехкрылый египетский бог»*. Четырехкрылый? Разве это крылья? Это лопасти несущего винта. Голова кажется, на первый взгляд, лошадиной; но если присмотреться, то видно, что это – шлем космонавта: с двумя антеннами по бокам, двумя выпуклыми «глазами» и прямоугольным «носом».

А теперь посмотрите на изображение летящего ангела из фрески в сербском православном монастыре. На рисунке справа в верхнем углу. Сравните его с первым искусственным спутником Земли. А ведь фреска создана в 1350 г.! И, вообще, почему художник не изобразил ангела в традиционном виде? Ведь ангел имеет крылья и умеет летать и без аппарата!

Или наскальные рисунки, которые обнаружили в разных странах. Или японские статуэтки, называемые Догу, которым 6000 лет. Разве это не космонавты?

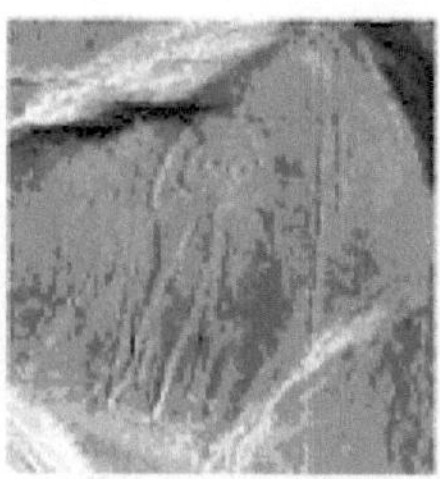

Водружение креста Апостолом Андреем на киевских горах. Миниатюра Радзивилловской летописи XV века. Но, что это в правом верхнем фрагменте?

«Самолётики», найденные в Колумбии.

На шумерском рисунке старт ракеты из шахты.
Или, что это?

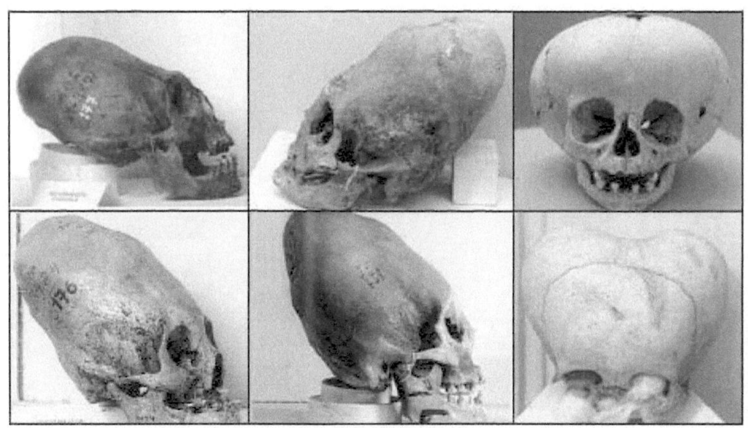

«Яйцеголовые» - кто это?

Вертолёт и самолёт?

Электрический прибор?

Что за «носолобые» люди?

Космонавт? Вглядитесь!

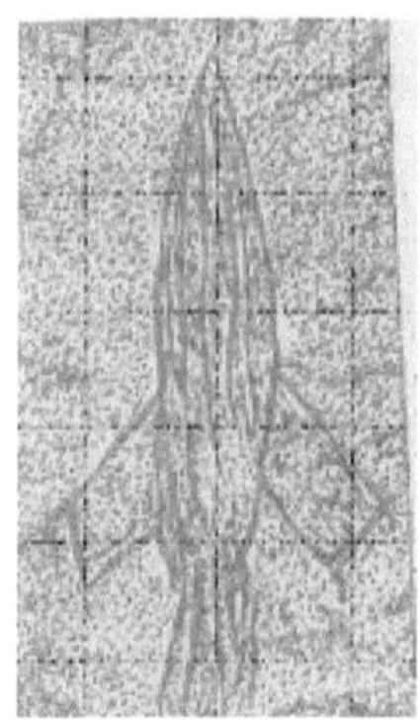

Ракета?

Игры

Любопытно, что у богов уже были и «наши» настольные игры: о боге Тоте сообщается, что он выиграл в шахматы у богини Луны; он считался также изобретателем игр в кости и шашки.

На рисунке слева: царица Нефертити играет в сенет, игра похожая на шахматы, а справа Лев и Антилопа играют в сенет.

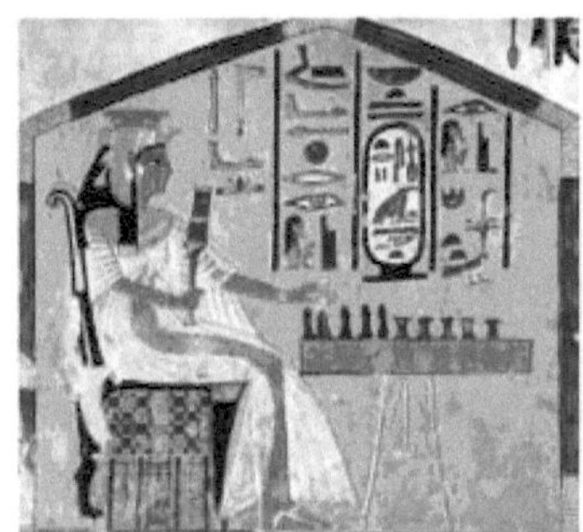

Шарообразность Земли

О том, что Земля окружена космической бездной, упоминалось еще в Ветхом Завете: *«Он распростер север над пустотою, повесил Землю ни на чем».*

Отметим, что книга Иова – часть Ветхого Завета – относится к V-IV вв. до н. э.

С древности известно было и о шарообразной форме нашей планеты: *«Она представлялась им шарообразной...» «Ученые были озадачены тем обстоятельством, что арамейско-иудейское сочинение «Зогар», которое является центральным в корпусе иудейской мистической литературы, известной под общим названием «Каббала», совершенно определенно утверждает – в тринадцатом веке христианской эпохи, – что причиной смены дня и ночи является вращение Земли вокруг собственной оси. За два века до Коперника в книге «Зогар» утверждалось, что Земля представляет собой вращающуюся сферу, и когда одна ее часть освещена и на ней день, то другая погружена во тьму ночи. Источником этого сочинения послужили работы жившего в третьем веке рабби Хамнуны»* (Ситчин, Армагеддон.*).*

СПРАВКА: «Зогар» (Книга сияния), основополагающий каббалистический трактат испанско-еврейского мыслителя Моисея Леонского .

В древних текстах Месопотамии, Египта, Финикии и других стран есть свидетельства шарообразности Земли. Например, в древнем учебнике индийской астрономии было написано, что Земля представляет собой «шар в эфире», поэтому не известно, где верхняя, а где нижняя сторона.

При Александре Македонском (IV век до н. э.) существовала медицинская школа и астрономическая обсерватория, в которой занимались изучением шарообразной формы Земли.

Аристарх (IV-III вв. до н. э.) придерживался гелиоцентрической системы мира: он первым поместил Солнце, а не Землю в центр планетной системы, и первым же считал, что планеты движутся вокруг Солнца, а не вокруг Земли.

В эпоху Эратосфена (III-II вв. до н. э.) уже создавались глобусы. Причём на них довольно точно отображали район Средиземноморья.

И все это было известно за несколько столетий до Коперника! Уж не благодаря ли инопланетянам?

Митродор (Греция, III век до н. э.) писал, что считать Землю единственным населённым миром в беспредельном пространстве также нелепо, как утверждать, что на громадном засеянном поле мог бы вырасти только один пшеничный колосок.

Лукреций Кар (Италия, I век до н. э.): «Весь этот видимый мир вовсе не единственный в природе, и мы должны верить, что в других областях пространства имеются другие земли с другими людьми и другими животными».

Джордано Бруно (Италия, XVI век н. э.) утверждал, что существуют бесчисленные солнца, бесчисленные земли, которые кружатся вокруг своих солнц, подобно тому, как наши семь планет кружатся вокруг нашего солнца, и на этих мирах обитают живые существа.

Христиан Гюйгенс (Голландия, XVII в.): «В архивах науки, в том числе и нашей, мысль о жизни как о космическом явлении существовала уже давно. Столетия назад, в конце XVII в., голландский ученый Христиан Гюйгенс (1629-1695) в своей предсмертной работе, в книге «Космотеорос», вышедшей в свет уже после его смерти, научно выдвинул эту проблему. Книга эта была дважды, по инициативе Петра I, издана на русском языке под заглавием «Книга мирозрения» в первой четверти XVIII в. Гюйгенс в ней установил научное обобщение, что «жизнь есть космическое явление, в чем-то резко отличное от косной материи». Это обобщение я назвал недавно «принципом Гюйгенса»». (Вернадский, «Несколько слов о ноосфере»).

Посылка из космоса

В 1960-х годах начала работать международная программа SETI – аббревиатура слов The Search for Extraterrestrial Intelligence (*“Поиск внеземного разума”*): в лабораториях разных стран стали записывать необычные радиосигналы из космоса – в надежде, что удастся расшифровать их как послания внеземных цивилизаций.

Предлагается и более радикальный поиск: *«Кристофер Роуз, инженер-электрик из американского Университета Рутгерса, призывает ученых внимательнее отнестись к возможным инопланетным посылкам, которые могут скрываться в нашей Солнечной системе. В нашей же Солнечной системе полным полно мест, где можно оставить сообщения, включая саму Землю». (НРС, 6 сентября 2004, «Лучший способ общения с инопланетянами – почта»).*

В действительности же на протяжении истории земляне уже сталкивались с такими *«инопланетными посылками»*, – но по причине своей нецивилизованности интерпретировали их в мифолого-религиозном духе.

В 2004 году в возрасте 77 лет скончался один из пионеров американской астронавтики Лерой Гордон Купер. *«По его мнению, гости с других планет регулярно навещают Землю. – Нам стоит подумать, как лучше всего наладить с ними контакт, – утверждал астронавт. – Много лет я жил с тайной, но теперь готов сообщить, что в мою бытность космонавтом наш радар ежедневно фиксировал присутствие неизвестных объектов». (НРС, 6 октября 2004)*

В священном храме Кааба (Аравия) хранится «черный камень». Согласно мусульманскому преданию «черный камень» Каабы упал с планеты Венера. По другой легенде он был сброшен архангелом Гавриилом.

СПРАВКА: Кааба – священный храм мусульман в Мекке. Имеет форму куба, расположенного в центре

прямоугольного двора. В наружной стене Каабы, у восточного угла, ниша с «черным камнем».

К сожалению, в силу религиозного фанатизма, этот «черный камень» не доступен для исследований современной науки. А ведь вполне возможно, что он действительно представляет собой артефакт небесного происхождения.

На иллюстрации Мухаммед с «черным камнем» (арабский манускрипт XIV в.).

СПРАВКА: Артефакт – Вещь, предмет, являющиеся продуктом целенаправленной человеческой деятельности (в отличие от природных объектов).

Чудеса целительства

Инопланетяне импортировали на Землю и свою могущественную медицину. Например, во времена Талмуда (начало нашей эры) евреи уже делали кесарево сечение, сложные полостные операции, изготовляли прекрасные хирургические инструменты, лечили сердечные заболевания.

В древних текстах, легендах и сказках разных народов не раз говорится о пришивании головы, конечностей, пересадки сердца, печени и других органов, даже пересадки лица и переливании крови. А также об оживлении умерших, т. е. о реанимации.

Причём, некоторые описания настолько подробны и реальны, будто сам автор присутствовал при этом.

Разве всех этих свидетельств недостаточно, чтобы утверждать, что Землю посещали пришельцы и мы не одиноки во вселенной?

Бог Анубис реанимирует мумию.

Бог Тот реанимирует Осириса

Мы – боги

И действительно, – высадившись в 1969 году с планеты Земля на планету Луна, мы и сами уже стали богами-инопланетянами. Вот что писал об этом известный американский астроном XX века Карл Саган: *"Человеческие существа, обязанные своим происхождением звездам и ныне населяющие мир по имени Земля, начали свой долгий путь домой. Мы пока еще не готовы для звезд. Но не исключено, что через столетие или два, когда вся Солнечная система будет исследована, и мы наведем порядок на своей планете, у нас появятся воля, ресурсы и технические знания для полета к звездам"*

ИНОПЛАНЕТЯНЕ В БИБЛИИ

Homo sapiens

500 тысяч лет тому назад на орбите Земли появился огромный космический корабль. От него отделился спускаемый аппарат и приземлился на территории нынешней Эфиопии (Восточная Африка). Если бы в то время на Земле жили современные люди, они сказали бы, что приземлилась летающая тарелка. Но на Земле, кроме диких животных и таких же диких первобытных людей никого ещё не было.

Это было не первое посещение инопланетянами Земли. На этот раз в трюмах корабля находились осуждённые, приговоренные к пожизненному изгнанию. Лица пришельцев были черны, и от этого их белые одежды казались ещё белее. Высадив осужденных, пришельцы улетели, чтобы через много веков возвращаться опять и опять.

Тем временем новые жители Земли, лишённые ещё до прибытия на Землю части памяти, с трудом приспосабливались к новой жизни. Пришлось всё начинать с чистого листа. Они начали расселяться по Земле. Часть расселилась по Африке, а часть по единственному сухопутному пути направилась в сторону нынешней Палестины. Здесь они и обосновались на многие тысячелетия.

В то время климат в этих местах был поистине райский. Реки и ручьи были полноводны, множество разнообразных плодовых деревьев и растений, стада животных, которых легко было приручить. Да и не так жарко было по сравнению с местом высадки.

Новые жители Земли смешались с древними людьми, и их потомки образовали новый вид человека, который в дальнейшем начали называть “homo sapiens”, т.е. человек разумный.

С этого времени началось бурное развитие человечества. Так на Земле появились первые разумные люди. Дальнейшая судьба человечества подробно описана в Торе, легендах и мифах.

Инопланетяне не оставили своих соотечественников на произвол судьбы. Время от времени в образе Бога и ангелов они помогали им, но в основном только наблюдали. Они и сейчас наблюдают за делом своих рук, стараясь не вмешиваться.

То и дело жители Земли в разных странах наблюдают неопознанные летающие объекты. Только инопланетяне пока избегают прямого контакта с нами. Видно ещё не пришло время.

Люди же стремятся в небо, в космос. В трудные минуты люди обращают свой взор к небу, они ждут помощи от своих братьев. Подсознание зовет их к встрече со своими родственниками.

С тех пор облик людей сильно изменился. Климат и место проживания сделали своё дело. Сейчас на Земле есть белые, желтые, красные расы и, естественно, родоначальница всех рас и народов – чёрная раса.

Адам – сын Бога

В 3761 г. до н. э. произошло знаменательное событие в жизни землян. В этом году в семье одного из вождей землян родился необыкновенный ребенок. На теле его почти не было растительности. Кожа его была гладкой. И ещё, он постоянно тянулся ручками к земле, любил играться с землей. Поэтому и дали ему имя Адам, т. е. «Сын земли» (на иврите «земля» звучит – «адама»). Ребенок быстро рос и проявлял, не свойственные его возрасту, ум и сообразительность.

Прошли годы, и он стал очередным вождем своего народа. Инопланетяне сразу обратили на него внимание. Они давно искали среди людей человека, который мог бы дать толчок дальнейшему развитию человечества. Периодически общаясь с Адамом, инопланетяне учили его необходимым для той поры знаниям, давали ему необходимые советы, которые он воспринимал как указания к действию.

По совету инопланетян для укрепления своего влияния Адам провозгласил себя сыном Бога и наместником Бога на Земле. Народ с воодушевлением поверил в это. Да и как было не поверить, если они были свидетелями неоднократного посещения Адамом Бога в его резиденции на небесах.

Бог-инопланетянин присылал за Адамом летательный аппарат, который приводил в ужас людей. Люди падали на землю, закрывали лицо руками, и открывали глаза только тогда, когда замолкал рев двигателей.

Адам пошел еще дальше советов инопланетян. Дату своего рождения он объявил началом сотворения мира, и впервые для землян ввёл летоисчисление. И по сей день, иудеи придерживаются этой традиции.

Иудеи и мусульмане считают также Адама первым пророком.

Кстати, провозглашение себя наместником Бога на Земле стало традицией вождей. И сейчас еще у некоторых народов появляются «Богом избранные» вожди.

При Адаме люди начали носить одежду, сделанную из кожи, которая защищала тело от холода, жары и травм. При Адаме получило развитие сельское хозяйство: если раньше люди занимались охотой и собирательством, то теперь они начали еще и выращивать растения. При Адаме в общении людей начали преобладать уже звуки над жестами, что способствовало дальнейшему развитию человечества.

На иллюстрации четырехугольник пост-адамовских цивилизаций.

Те же народы, которые не попали в сферу влияния пророка Адама, надолго отстали как во внедрении одежды, так и в земледелии и строительстве городов.

Вообще, когда речь идет о древнейших цивилизациях – шумерской, египетской, крито-микенской, индийской, китайской, – то мы обычно представляем их себе далекими друг от друга, разбросанными по различным местам планеты; но взгляните на географическую карту мира: в действительности все эти цивилизации занимают на ней сравнительно небольшую полосу. По-видимому, именно ту полосу, на которой и проходила миссионерская деятельность первой великой троицы пророков – Адама → Ноя → Авраама.

СПРАВКА: Проро́к — это человек, предположительно контактирующий со сверхъестественными или божественными силами, и служащий как посредник между ними и человечеством, провозвестник сверхъестественной воли (пророчества).

Енох

Боги-инопланетяне продолжали покровительствовать своему народу. Следующим человеком после Адама, на кого обратили внимание инопланетяне, был Енох. Енох был потомком Адама в 7-м поколении: его праправраправнуком. Согласно «Книги памяти», составленной Адамом, Енох должен был стать великим пророком, миссионером и реформатором.

Инопланетяне начали обучать его также как Адама, присылая за ним летательный аппарат с ангелом. Сам Енох в своих немногих сохранившихся книгах писал, что мудрость его дана была ему ангелами Божьими, с которыми удалось ему установить контакт и которые учили его всему, что он затем передал людям.

Из книг, которые сохранились, наибольшую известность получила «Книга Еноха». В течение долгого времени о содержании книги можно было судить лишь по цитатам и отзывам. Однако в XVIII веке был открыт её полный текст на эфиопском языке, и с того времени она неоднократно издавалась как в подлиннике, так и в переводах. Книга датируется II—I веками до н. э. и представляет собой богатый источник для изучения взглядов религиозных иудеев той эпохи. Енох считается одним из величайших пророков в истории человечества. Анализ текстов Библии и пророчеств этой книги, проделанный в свое время учеными, сравнившими тексты, дает основание утверждать, что все более поздние пророчества из священного писания, использовали часть предсказаний Еноха. В частности, Енох писал о неизбежном приходе Господа с его ангелами в конце веков, чтобы произвести суд над нечестными людьми. Это было первое пророчество в истории человечества о Мессии. Енох также вошел в историю, как тот, кто предсказал падение Атлантиды. До настоящего времени сохранилась лишь часть пророчеств Еноха. А основная часть – таблицы Жизни (или судеб) и таблицы Ангелов были утрачены.

Судьба Еноха была уникальна для людей. Благодаря своим знаниям и способностям Енох был взят Богом-инопланетянином к себе на станцию преподавать рядовым инопланетянам. Вот как в Талмуде поэтически описывается полет Еноха на небо: *«Однажды, когда Енох поучал народ, воззвал к Еноху Ангел Божий и возвестил ему, что решено призвать его на небо, дабы он поучать стал Сынов Господних так, как он поучал дотоле сынов человеческих». «…И вот налетела буря... Огненная колесница с конями огненными появилась в вихре – и вознесся Енох на небо».*

Инопланетяне многое рассказывали и показывали Еноху на своей космической станции, чтобы он – как писатель – записал это для грядущих поколений землян. По сути Енох был первым профессиональным писателем среди землян. В награду за свои писательские труды, Енох не получил, естественно, Нобелевской премии; но зато был удостоен более высокой чести – похвалы самого Бога:

"– Не страшись, Енох, ты праведный муж и писец правды; подойди сюда и выслушай Моё слово!" ("Книга Еноха, 3, 41). А разве есть какое-нибудь писательское звание, которое выше, чем *"писец правды"* – тем более, если эта оценка вышла из уст самого Бога?

Землянин Енох смог стать одним из ангелов. Причем не рядовым, – а архангелом! Удостоившись чина архангела, Енох удостоился также высшей после Бога должности – Метатрона.

Последователи Еноха основали праведный город. Среди них не было бедных, и все они имели похожие взгляды. Город назывался Сион или город Еноха.

СПРАВКА: Архангел – главный ангел. В христианстве: ангел высшего чина. Метатрон, величайший из ангелов в еврейских мифах и легендах. Он характеризуется также как звездный писец, записывающий грехи и добродетели людей, как хранитель небесных секретов, как посредник между Богом и людьми.

Предание о Енохе сохранилось у разных народов. Согласно некоторым исламским преданиям он изобрел астрономию, письмо и арифметику.

Енох описал также строение Вселенной и дал точный календарь.

Ноев ковчег

Теперь уже инопланетяне обратили внимание на Ноя. Ной родился в 1056 г. от Сотворения мира. Он был правнуком Еноха. Когда ребенок родился, от него исходил неземной свет, и Ламех – отец Ноя испугался, так как думал, что Ной родился от ангелов. Он обратился к своему отцу Мафусаилу. Мафусаил же решил попросить совет у своего отца Еноха. Енох развеял все сомнения и посоветовал дать новорожденному имя Ной, что значит умиротворяющий, так как именно ему предстояло спасти род человеческий во время катаклизма.

Однажды синоптики инопланетян обнаружили свидетельства грядущего сильнейшего землетрясения, грозившего уничтожить все живое от Тигра и Евфрата – до Черного моря. По их прогнозам в результате этого землетрясения воды Черного и Средиземного морей выйдут из берегов. Инопланетяне решили воспользоваться этим прогнозом, чтобы укрепить в людях веру в могущество Бога. Инопланетяне объявили, что Бог решил истребить людей, за нравственное падение человечества, оставив в живых лишь благочестивого, умного и образованного Ноя и его многочисленную семью. Инопланетяне предупредили Ноя о готовящемся Всемирном потопе, велели ему строить большой корабль-ковчег и взять на корабль всю свою семью. Таким образом, Бог-инопланетянин надеялся спасти хотя бы лучших людей этой территории. До этого люди еще не строили больших кораблей, поэтому Бог направил на помощь Ною ангелов. Зная от ангелов о готовящемся уничтожении человечества, Ной уговаривал людей образумиться, покаяться в своих грехах, молить Бога о пощаде. Но люди только смеялись над Ноем и его приготовлениями.

Перед началом землетрясения по команде Бога Ной с семьей погрузился на корабль, взял с собой некоторое количество животных, загерметизировал входной люк, и стал ждать. Прогноз инопланетян был точен. Началось сильнейшее землетрясение. В результате возникшего цунами образовалась волна высотой 200 метров, которая обрушилась на берег, сметая все на своем пути. Усугубилась ситуация начавшимися проливными дождями, которые длились 40 дней и ночей и почти всё живое погибло, остался лишь Ной и его спутники. Спустя 150 дней вода стала убывать, и ковчег пристал к горам Арарат. Осторожный Ной ждал ещё 40 дней, после чего выпустил ворона, который, не найдя суши, каждый раз возвращался назад. Затем Ной трижды (с перерывами по семь дней) выпускал голубя. В первый раз голубь также вернулся ни с чем, во второй — принёс в клюве свежую веточку масличного дерева. Это означало, что показалась поверхность земли. В третий раз голубь не вернулся. Тогда Ной смог покинуть корабль, и его потомки вновь заселили землю. Еще при Адаме инопланетяне пытались привить людям нормальные по понятиям инопланетян отношения. Но в то время люди были еще дики и невежественны.

При Ное инопланетяне сделали еще одну попытку как-то цивилизовать людей. Для этого они дали Ною 7 основных законов, которые он должен был распространить среди людей. Вот эти законы:

1.Вера в единого Бога, запрет идолопоклонства.

2.Уважение Бога, запрет богохульства.

3.Уважение к жизни человека, запрет убийства.

4.Уважение к семье, запрет прелюбодеяния.

5.Уважение к имуществу ближнего, запрет воровства.

6.Уважение к живым существам, запрет употребления в пищу плоти, отрезанной от живого существа.

7.Назначение судей, обязанность создать справедливую судебную систему.

В дальнейшем инопланетяне еще не раз безуспешно пытались создать на Земле приличное общество. Что говорить о том времени полудиких отношений, когда еще сейчас после почти пяти тысяч лет мы видим, что основная масса людей не хочет жить по каким-то выдуманным законам. И не известно, когда, наконец, сбудется мечта инопланетян и лучших людей Земли об идеальном обществе.

Предания о Всемирном потопе встречаются у десятков народов мира.

Кстати, показать свое могущество перед невежественными людьми подобным приемом пользовались в дальнейшем многие герои, зная, например, о предстоящем солнечном затмении.

В те жестокие времена люди не знали таких понятий как доброта или милосердие. Люди привыкли подчиняться сильным, пусть даже жестоким, властителям. Поэтому в своих мифах люди наделяли богов чертами своих вождей. На самом деле боги-инопланетяне не были жестокими-самодурами. Они по возможности помогали людям, как мы сейчас помогаем выжить дикой природе. Однако они вынуждены были поддерживать в людях представление о себе, как о всесильных жестоких владыках, чтобы люди слепо повиновались им.

Кстати, и сейчас многие народы Земли предпочитают таких же вождей.

Вавилонская башня

Жизнь после Потопа началась с горы Арарат, куда пристал ковчег Ноя со своим семейством. В поисках места, где можно было бы обосноваться, люди пошли на восток, и дошли до долины в нижнем течении Тигра и Евфрата. Здесь они решили строить город и башню, чтобы можно было спастись в случае следующего возможного потопа, и, чтобы сравняться с богами. «Почему нам земля, а Бог с ангелами живут на небе?», – роптали они. До этого у людей был один язык, но по мере расселения появились и другие языки. Однако, не понимая друг друга, люди перестали строить башню, а вскоре из-за внешних факторов и также просчетов строителей башня разрушилась.

Башня, которую они собирались построить, должна была стать невиданным в истории человечества небоскребом. Высотой — пять с половиной миль (примерно 9 км.), в окружности — десять миль (примерно 16 км.).

Место, где строили башню, получило название Вавилон – «смешение». Люди же в дальнейшем рассеялись по всей земле.

Среди людей распространились слухи, что это Бог разрушил башню, чтобы покарать людей, которые осмелились бросить вызов самому Богу.

Пророк Авраам

В 2200 году от Сотворения мира в семье каменотеса из шумерского города Ур родился мальчик, который впоследствии станет одним из почитаемых пророков, родоначальником многих народов. Назвали мальчика Аврам. Став взрослым, Аврам женился на своей сводной сестре Саре. Позже отец Аврама Фарра, взяв с собой детей: Аврама и Нахора, Сару и племянника Лота, направился в город Харран. По дороге умер отец, и с этого времени инопланетяне обратили внимание на Аврама. Бог дал ему имя Авраам, а Саре – Сарра в знак того, что отныне они Божьи избранники. После этого Бог велел Аврааму уйти из дома его отца и следовать туда, куда укажет. Бог также пообещал, что произведёт от Авраама великий народ, благословит и возвеличит самого Авраама и через него — все народы на Земле. Таким образом, Авраам стал следующим из людей, кого инопланетяне опекали в дальнейшем. Почему инопланетяне выбрали именно Авраама?

Обладая незаурядными личными качествами, Авраам был, кроме того, и представителем самого цивилизованного в те времена Вавилонского царства, со смешанным семитско-кавказским населением; причем жил Авраам именно тогда, когда Вавилонией правил незаурядный царь-законодатель Хаммурапи, законы которого послужили впоследствии основой для самих моисеевых Десяти Заповедей.

Вообще, Авраам был одним из выдающихся правдоискателей и интеллектуалов своего времени. Вот что пишет Флавий: *"Он был человеком необыкновенно понятливым во всех отношениях, отличался большою убедительностью в речах своих и порядочностью в общении. Выделяясь поэтому среди других и пользуясь между ними большим почетом, вследствие своего добродетельного образа жизни, он пришел к мысли, что настало время обновить и изменить присущее всем его современникам представление о Господе Боге. Таким образом, он первый решился объявить, что Господь Бог, создавший все существующее, Един и что все, доставляющее человеку наслаждение, даруется Его милостью, а не добывается каждым из нас в силу собственного нашего могущества. Авраам вывел все это из созерцания изменяемости земли и моря, солнца и луны, и всех небесных явлений".*

СПРАВКА: Ио́сиф Фла́вий, при рождении Йосе́ф бен Матитья́ху (Ио́сиф, сын Матта́фии), (ок. 37 — ок. 100) — знаменитый еврейский историк и военачальник.

Реконструкция портрета Иосифа Флавия, сделана Джоном Винстоном к переводу его работ.

Авраам был также изобретателем и, конечно, был он писателем. Мы не знаем, сколько книг написал Авраам, но одна из них, мировоззренческая – называлась так: "Книга Созидания". Авраам, за полтысячелетия до Торы, написал свою, "Авраамову книгу", которая, к сожалению, не сохранилась до наших дней. И, подобно Еноху, еще при жизни Авраам удостоился побывать на небе.

Подчиняясь Богу, Авраам и его племянник Лот вышли из Харрана. Авраам и Лот были настолько богаты скотом, серебром и золотом, что их имуществу не хватало места. Поэтому, чтобы между их пастухами не было раздоров, они разделились. И пришли они в землю Кынаанскую.

Авраам дошел до Шехэма, и тут явился ему Господь и сказал: «Эту землю я отдаю тебе и твоему потомству». Затем Авраам передвинулся к востоку от Бэйт-Эйла и построил жертвенник Господу. Позже Бэйт-Эйл, т. е. «дом Божий», переозвучился в Вефиль. А откуда произошло это название «дом Божий» – становится яснее из того места Торы, где описывается, как в те же места попал уже Иаков, внук Авраама.

Бегство евреев из Египта было, как видим, не первым их Исходом – за семь веков до этого их предки предприняли Исход из Вавилонии.

Собственно, для традиционных кочевников, каковыми они тогда являлись, смена пастбищ для скота была обычным делом.

В дальнейшем Авраам поселился в Хевроне, а Лот – в Содоме.

Рождение Ицхака

По преданию это случилось в 2300 году от Сотворения мира в жарком месяце Элуль. Аврааму было уже около ста лет, он сидел у входа в шатер, когда увидел вдруг возле себя трех незнакомых мужчин. И хотя они, вроде бы, ничем не отличались от простых людей, Авраам сразу догадался, кто они. Он побежал к ним навстречу, пал ниц и сказал дрожащим голосом:

- Владыка! Если я обрел благословение в очах Твоих, не проходи мимо раба Твоего.

- Не бойся! – сказал Всевышний, а это действительно был он в сопровождении ангелов.

– Где Сарра, жена твоя?

- Вот, в шатре.

- Я возвращусь к тебе в это же время через год, и будет сын у Сарры, жены твоей, и назовешь его Ицхаком.

(Предвидя, что Сарра будет смеяться, Бог и дал ребёнку имя Ицхак, т. е. «будет смеяться»).

- Чтобы у столетнего родилось! И Сарра, девяностолетняя, родила?!

А Сарра, услышав их разговор, рассмеялась:

- После того, как я состарилась, будет у меня молодость? Да и господин мой стар.

- Отчего это смеялась Сарра? Разве есть что недостижимое для Господа?

Испугавшись своей дерзости, Сарра смиренно сказала:

- Я не смеялась.

Что было потом ни Авраам, ни Сарра не помнили.

Прошел год, и Сарра родила чудесного мальчика. Кожа его была бархатна, а от головы его исходило голубое сияние. У этого мальчика будет удивительное будущее. Он станет родоначальником иудейского народа. Но это потом, а пока он делал то, что делают все дети его возраста: мочил пеленки, плакал, когда был голоден, сосал тощую мамкину грудь и спал, спал, спал...

Через много, много веков ученые Земли придут к выводу, что Бог был всего лишь инопланетянином. Для улучшения породы людей инопланетяне использовали метод искусственного оплодотворения. Сегодняшние врачи и ветеринары уже давно с успехом используют этот метод. Правда, еще не умеют программировать необходимый пол и способности будущего ребенка.

В дальнейшем инопланетяне еще не раз прибегали к искусственному оплодотворению.

Кстати, сюжет, так называемого, «непорочного зачатия» упоминается во многих легендах мира.

Что касается случаев интимной близости некоторых инопланетян с женщинами Земли, то потом эти случаи послужили поводом появления мифов о «падших ангелах».

Уничтожение Содома и Гоморры

В районе нынешнего Мертвого моря в те времена была плодородная земля с несметными полезными ископаемыми. Здесь был битум, сера, газ, различные соли.

СПРАВКА: Битумы – полезные ископаемые органического происхождения (производные нефти). Битум – «земляная смола» – древнейший строительный и отделочный материал.

Жители этих мест богатели, продавая битум и другие ископаемые. Жили они в роскоши, развлекались, устраивали оргии и этим вызывали зависть и ненависть жителей других мест. Наличие таких горючих и взрывоопасных веществ да еще в сейсмически опасной зоне настораживало инопланетян. Они неоднократно предупреждали людей об опасности проживания в этих местах. Однако мало кто слушал их предупреждений. Чтобы восприняли серьезно их предупреждения, Бог объявил, что намерен уничтожить города Содом и Гоморра за разврат и богохульство жителей этих городов.

Но в Содоме жили и богобоязненные люди. И среди них был Лот, племянник Авраама. Когда Авраам узнал о решении уничтожить эти города, он начал просить Бога, т.е. Главного инопланетянина, пощадить невинных. Ангелы, посланные Богом, предупредили Лота, и он в спешке ушел из города, взяв с собой семью и других порядочных людей.

Вскоре произошло то, о чем предупреждали инопланетяне. То ли в результате землетрясения и последующего самовозгорания, то ли в результате поджога, начались пожары и взрывы газа. В воздух взметнулись миллионы кусочков горящей серы и других горючих веществ. Они затем падали огненным дождем на землю, провоцируя дальнейшие пожары.

Горела земля, горели дома, при строительстве которых применяли битум, горели люди. Некогда процветающие города превратились в выжженную пустыню. Земля покрылась ядовитым пеплом. Соседи же злорадствовали и радовались.

После этих событий людям под страхом смерти было запрещено селиться в тех местах. Многие же, кто ослушался Бога, заболевали и умирали в страшных мучениях.

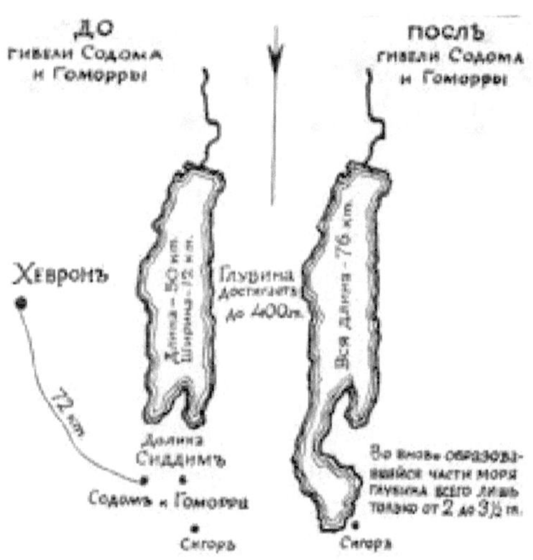

На иллюстрации карта Мертвого моря из старинной книги.

Иаков, ставший Израилем

Имя Иаков произошло от слова «акев» – «пята», так как он был братом близнецом Исава, и при рождении держался за пятку Исава. По обычаям тех лет наследником Исаака должен был стать Исав, который родился первым. Но Иаков хитростью получил благословение на первородство от Исаака.

Когда Иакову исполнилось 63 года, Исаак сказал ему: «Пойди в дом отца матери твоей и возьми себе жену из дочерей брата матери твоей; и Бог благословит тебя, чтобы тебе в наследство досталась земля, которую Бог дал твоему деду Аврааму».

Так Иаков женился на двух дочерях своего дяди Лавана, Лии и Рахили.

И вот Иаков через много лет после своего деда Авраама оказался в тех же краях, где Аврааму явился когда-то Бог, – но с Иаковом произошло тут даже нечто еще более интересное. Ему приснилась лестница, стоящая на земле, а верх ее касается неба; и по этой лестнице спускаются и поднимаются ангелы. И Бог говорит ему: «Землю, на которой ты лежишь, я отдам тебе и потомству твоему; и я буду с тобой везде, куда ты ни пойдешь; и возвращу тебя на эту землю».

Древние люди не знали понятия «гипноз» и считали внушенное в гипнозе видение – просто сновидением. Именно такому гипнотическому видению и подвергся тут Иаков, – на всякий случай, чтобы он не убежал от страха, так как вид летательного аппарата с лестницей мог напугать Иакова.

Если со времен встречи с Авраамом до времен встречи с Иаковом, на протяжении многих лет, Бог сохранил верность этому месту, – не говорит ли это о том, что тут был какой-то постоянный объект инопланетян, например, их космодром? Поэтому и называлось это место Бэйт-Эйл или Вефиль – врата Бога; именно поэтому и увидел тут Иаков лестницу в небо.

Мы помним, что Иаков был женат на дочерях своего дяди. Кстати, вспомним еще, что Авраам был женат на своей сестре по отцу Сарре. Так что это все были близкородственные браки, позволявшие сохранить породу, от которой и произошел потом "богоизбранный народ", – когда Иаков, сын Исаака и Ревекки, стал родоначальником двенадцати израильских колен.

Не зря Авраам, после внушения Бога, проникся особым предназначением своих потомков и искал невесту для наследника среди родственников.

Кстати, и сейчас еще в некоторых ортодоксальных еврейских общинах существует обычай родственных браков. Может быть, поэтому в Израиле много детей рождается с отклонениями здоровья. Возможно также, что, понимая недостаток родственных браков, израильтяне считают, что сохранение породы важнее.

В России, кстати, дети от смешанных браков часто более способны, и достигают в жизни большего.

Инопланетяне для продолжения рода выбрали Иакова не только потому, что он получил благословение отца на первородство, но и вот почему. По Агаде, различие между Иаковом и Исавом проявилось еще в утробе матери: *"Боли во время беременности Ревекка чувствовала оттого, что, когда она проходила мимо домов молитвы и учения, принадлежавших поклонникам истинного Бога, Яков рвался выйти на свет Божий, а когда она проходила мимо капищ идолопоклонников, то же самое повторялось с Исавом"*.

Потом это различие стало еще более явным: *"И росли отроки, и обучился Иаков письму, а Исав письму не учился, ибо он был человек полевой и охотник, и учился он войне, и все деяния его были дикими"*. Все ключевые фигуры библейской истории были грамотными, большинство из них были даже писателями: Адам, Енох, Авраам и др. – поэтому, естественно, что Иаков больше подходил на роль родоначальника народа израильтян, чем Исав. Для того, чтобы убедиться, что Иаков ещё и настойчив, смел и решителен, Бог под видом ангела явился ночью Иакову и сказал, что не даст ему благословение. Но Иаков требовал благословения, и даже начал бороться с самим Богом. Борьба длилась всю ночь. Иаков повредил себе бедро, но добился своего. Бог остался доволен проверкой. Иаков получил благословение и новое имя – Израиль («Борющийся с Богом» или «богоборец»). И сказал Бог: «Ты боролся с Богом, значит, ты и людей будешь побеждать». Благословив Иакова и дав ему второе имя – Израиль, Бог благословил и потомков его – израильтян.

Как в свое время ангелы не жалели времени на инструктаж Еноха, – так же они серьезно занимались и с Иаковом.

Иаков подробно записывал все, что видел и слышал. Так что существовала, видимо, в древности и "Книга Иакова", – и которая, хоть и не дошла до нас, но материалы которой явно использованы в моисеевой Торе и другой древней литературе. И вообще, у Иакова была целая библиотека, которую он передал сыну своему Левию, чтобы он хранил книги и продолжал труд отца для своих детей.

Значение личности Иакова в истории еврейства связано с тем, что он, а не его дед Авраам был праотцом 12-ти израильских колен, которые представляли собой библейское разделение евреев на племена, носящие имена сыновей Иакова.

Когда наступила засуха и голод, Иаков с сыновьями переселяется в Египет, к Иосифу, которого братья раньше продали в рабство, и который дослужился в Египте до положения высокого чиновника. Так евреи попали в Египет.

Со временем фараон усомнился в верности Египту потомков Иакова и обратил евреев в рабов.

Моисей

Моисей («взятый из воды») родился в Египте в семье Амрама из колена Левия. В то время, опасаясь, что численность евреев возрастает, фараон приказал топить в Ниле всех новорожденных еврейских мальчиков. Однако мать Моисея Иохавед сумела прятать Моисея в течение трех месяцев. Не имея возможности больше его прятать, она оставила Моисея в корзине из тростника на берегу Нила. Там его нашла дочь фараона, пришедшая купаться. Поняв, что это еврейский мальчик, она, однако, сжалилась над плачущим ребенком, и по совету сестры Моисея Мириам, которая наблюдала издали за происходящим, согласилась взять для ребенка кормилицу-израильтянку. Под видом кормилицы Мириам привела мать Моисея, которая и вскормила его. Когда ребенок подрос, он стал для дочери фараона вместо сына.

Собственно, это был единственный еврейский мальчик, который остался жив после приказа фараона, и инопланетяне надеялись, что он станет продолжателем своих великих пророков.

С этого времени инопланетяне стали покровительствовать Моисею. Моисей стал не только пророком еврейского народа, но и законодателем, основоположником иудаизма; он вывел евреев из Египта и сплотил израильские колена в единый народ.

Однажды, когда Моисей был еще маленький, он, играясь, сорвал с головы фараона корону и напялил ее себе на голову. Советники фараона решили, что это плохое предзнаменование и предложили убить Моисея. Однако, один из советников (ангел-инопланетянин в образе советника) сказал, что ребенок сделал это по недомыслию и предложил показать ребенку золото и горящие угли и посмотреть, что он выберет. Когда перед Моисеем поставили угли и золото, он хотел взять золото, но ангел внушением передвинул ручку к углям. Моисей взял уголек и поднес его ко рту. Это спасло его от смерти. С тех пор, кстати, Моисей стал шепелявить.

Как приемный сын Моисей вырос во дворце, получил блестящее образование и занял высокое положение при дворе фараона. Но от матери он знал о своем происхождении. Однажды он решил посмотреть, как живет его народ. Он увидел, как египетский надзиратель жестоко обращается с рабом-израильтянином. В порыве ярости Моисей убил надзирателя, и, боясь гнева фараона, бежал в землю Мадиамскую. Он остановился у священника Иофора (Рагуила), и в дальнейшем женился на одной из его дочерей. Однажды Моисей молился в саду Рагуила и, подняв глаза, увидел посреди сада воткнутый в землю посох. Он подошел и увидел, что на нем написано имя Господа Бога. Моисей выдернул посох из земли. Оказалось, что это был какой-то универсальный прибор или инструмент, который инопланетяне изготовили в виде посоха, что выглядело естественнее в глазах людей того времени. Такого типа прибор был в свое время у других патриархов.

Однажды, когда Моисей пас овец своего тестя на горе Синай, он увидел горящий куст, который, однако, не сгорал. «Что это за чудо?», – подумал Моисей. Он подошел ближе и услышал:

- Моисей! Моисей!

- Вот я.

- Не подходи близко, я Бог отца твоего и твоих предков. Я видел страдания народа моего в Египте. Пойди и выведи их из Египта.

- Как же я смогу это сделать? Они же не поверят мне. Дай мне какой-то знак, чтобы люди поверили мне, что я видел тебя.

- Брось твой посох на землю.

Моисей бросил посох на землю, и тотчас же посох превратился в огромного змея.

- Не бойся, – сказал Бог. – Возьми его за хвост.

Моисей с опаской взял змею за хвост, и змея снова превратилась в посох.

- Так ты сделаешь для того, чтобы поверили тебе, что явился тебе Господь.

И тогда Моисей сказал:

- Прошу тебя, Господи, ведь я косноязычен, как я смогу объяснить людям?

- Сможешь, – успокоил его Бог. - Кроме того, у тебя в Египте есть старший брат Аарон, который наделен красноречием, он поможет тебе в переговорах.

Вернулся Моисей домой и рассказал обо всем своему тестю Рагуилу. И тогда Рагуал сказал:

- Иди с миром.

И пошел Моисей вместе с женой и детьми обратно в Египет.

То, что показалось Моисею горящим кустом, была светящейся одеждой Бога-инопланетянина, которая, кроме того, излучала смертельные лучи для защиты от врагов. Поэтому Бог и предупредил Моисея не приближаться.

Исход из Египта

Вернувшись в Египет, Моисей пошел к своему брату Аарону и рассказал ему обо всем, что случилось. Когда Аарон увидел жену и детей Моисея, он спросил:

- Кто это?

- Это жена и дети мои, - сказал Моисей.

- Отпусти жену с детьми в дом ее отца. Неизвестно, что нас ждет в Египте.

Когда жена и дети ушли, Моисей с Аароном пошли на собрание сынов израилевых и рассказали им о том, что говорил Бог. И люди обрадовались. На следующий день Моисей с Аароном пришли к фараону. У ворот стояли привязанные сторожевые львы, но Аарон дотронулся до них посохом, и львы отвязались и пошли за Моисеем и Аароном. Когда фараон увидел их, он испугался и спросил:

- Кто вы и чего вы хотите?

- Отпусти народ наш в пустыню, чтобы мы могли принести жертву Богу нашему и послужить ему.

Но фараон не соглашался и даже стал им угрожать. Инопланетяне слышали и видели все, что происходило. Ведь в руках у Моисея и Аарона был так называемый посох, который передавал все происходящее на экраны инопланетян. И тогда Бог передал Моисею: «Вот увидишь, что я сделаю с фараоном и его народом».

И на следующий день начались, так называемые, «казни египетские», которые длились в течение девяти месяцев, пока фараон не согласился отпустить израильтян. Вдруг в Ниле вода стала красной, которую боялись пить, считая, что это кровь. Потом у людей появились вши и блохи, начался падеж скота, град уничтожил урожай фруктов. Однажды случилось нашествие саранчи; наступила тьма и, наконец, начали умирать новорожденные младенцы. И египтяне начали просить фараона: «Отпусти, царь, отпусти сыновей израилевых. А не то мы все умрем из-за них!» И фараону пришлось позвать Моисея и Аарона и сказать: «Если хотите принести жертву Богу вашему, уходите все».

По поводу «казней египетских», то сейчас все можно объяснить с научной точки зрения. В то время все природные явления воспринимались, как Божья кара. И еще. Моисей, вероятно, мог прогнозировать массовые бедствия: сезонные, климатические и эпидемические. Проведя полжизни в Египте, а вторую половину вне Египта, но рядом с ним, у его северо-восточной границы, причем еще в качестве пастуха, т. е., в основном, под открытым небом, Моисей, как свои пять пальцев, знал, конечно же, периодичность сезонных, климатических и эпидемических бедствий в этом географическом регионе. Кроме того, как в Египте, так и за северо-восточной границей его у Моисея, человека необычной судьбы, яркой личности, было наверняка множество друзей – евреев, египтян, кочевников-бедуинов, – а значит и множество информаторов: узнавая от кочевников о перемещении в регионе массовых бедствий – сезонных, климатических и эпидемических – он мог довольно точно прогнозировать появление их и в столице

Египта, где он вел долгий, девятимесячный спор с фараоном. Кроме того, инопланетяне помогали ему с прогнозами.

А имея прогноз, уже нетрудно было обставить очередное бедствие – как казнь. И одновременно – провести профилактические мероприятия среди своих, чтобы бедствие обошло их стороной.

Итак, сыны израилевы, пробыв в рабстве 400 лет, вышли из Египта, забрав с собой серебро, золото, одежды и все свое имущество, включая скот.

Так как израильтяне трудились не получая зарплаты, то Бог велел им забрать все в качестве платы за их рабский труд. Когда фараон узнал, что израильтяне забрали с собой несметные богатства, он послал за ними войско.

Выйдя из Раамсеса, израильтяне двинулись на юго-восток по направлению к горе Синай, где Бог назначил встречу со своим народом. Дойдя до Этама, они вдруг повернули на север.

Почему они вдруг повернули назад? Ведь, продолжая путь на восток, они не встретили бы никакой водной преграды и спокойно прошли бы по суше мимо озера Тимсах. Получается, что они специально сделали крюк, чтобы выйти к водной преграде! Дело в том, что, пася стада своего тестя, Моисей доходил, видимо, и до этих мест на перешейке и знал о древнейшей дамбе в одном из многочисленных озер перешейка, которая покрывалась водой при приливе и обнажалась при отливе. И тем более знали о дамбе инопланетянине, к услугам которых была картография всех библейских мест из космоса. Все дело в том, что Моисей с помощью Бога решил заманить преследовавших его египтян в ловушку. После того, как во время отлива израильтяне перешли этот участок Красного моря, начался прилив, и войско фараона, которое шло за израильтянами буквально по пятам, утонуло в сомкнувшихся водах.

Перейдя таким образом через Красное море, Моисей повел народ к горе Синай. По дороги кончились продукты и вода, и люди начали роптать:

- Вывели вы нас в эту пустыню, чтобы уморить голодом.

Тогда Господь велел Моисею успокоить недовольных, заверив их, что в тот же вечер они вволю наедятся мяса, а поутру — хлеба. И действительно, вечером откуда ни возьмись налетело множество перепелов, они опустились на землю — и не улетали, так что их можно было ловить голыми руками. А утром люди увидели на поверхности пустыни нечто мелкое, круповидное, как иней на земле. Это была «манна небесная», по вкусу напоминающая хлеб с медом.

С того времени Бог посылал израильтянам манну каждый день, и так продолжалось до самого конца их странствования. Затем, Моисей с помощью посоха определил, где есть вода, ударил в это место, и забил источник.

Кстати, и сейчас еще бедуины в пустыне собирают и едят что-то похожее на манну небесную. А птицы во время перелета останавливаются передохнуть в тех местах. Они настолько уставшие, что, действительно, можно их ловить руками.

На третий месяц после исхода из Египта израильтяне остановились возле горы Синай. И здесь Моисей услышал голос Бога: «Пойди к народу, пусть вымоют одежды свои, чтобы быть готовыми к третьему дню: ибо в третий день сойдет Господь перед глазами всего народа на гору Синай».

На третий день в облаке дыма, огня и при сильном грохоте спустился Бог-инопланетянин на гору Синай. Народ в страхе пал ниц. И услышали они голос Бога, который произнес десять заповедей.

Десять заповедей

Первая. Я Господь Бог твой, да не будет у тебя других богов пред лицом Моим.

Вторая. Не сотвори себе кумира.

Третья. Не произноси имени Господа Бога твоего всуе.

Четвертая. Помни день субботний, чтобы святить его.

Пятая. Почитай отца твоего и мать твою, чтобы тебе было хорошо и, чтобы продлились дни твои на земле.

Шестая. Не убий.

Седьмая. Не прелюбодействуй.

Восьмая. Не укради.

Девятая. Не произноси ложного свидетельства на ближнего твоего.

Десятая. Не желай дома ближнего твоего; не желай жены ближнего твоего, ни поля его, ни раба его, ни

рабыни его, ни вола его, ни осла его, ничего, что у ближнего твоего.

Затем Моисей поднялся на гору Синай, и Бог вручил ему две каменные доски-скрижали, на которых эти заповеди были записаны. Кроме этого, Бог беседовал с Моисеем, сообщал ему законы и правила, которым следует придерживаться в повседневной жизни. Бог также объяснил Моисею, как надо устроить походный храм – скинию, в котором в специальном ларце – «Ковчеге Завета» должны были храниться скрижали с заповедями. Беседа с Богом длилась сорок дней.

За это время люди стали сомневаться в благосклонности Бога, и решили вернуться к своим идолам. Они изготовили золотого тельца и стали ему поклоняться. Когда Моисей вернулся, он в гневе разбил скрижали и разбил тельца. Израильтяне тут же раскаялись. Моисей вернулся на гору Синай, и обратился к Богу: «Господи! Эти люди совершили грех, прости их».

Бог простил израильтян, а Моисей вернулся на гору, и уже сам написал скрижали взамен разбитых. Израильтяне, руководимые Моисеем, построили скинию и целый год провели у подножия горы Синай, совершая служения Богу, а затем продолжили путь к своей цели — земле Ханаанской.

Считается, что с момента передачи скрижалей был заключен союз между Богом и еврейским народом. Это событие произошло 10 тишрея по еврейскому календарю. С тех пор этот день получил название День Искупления (Йом Кипур)— наиболее священный еврейский праздник.

Кстати, Моисея изображают с рогами или лучами, исходящими из головы. Дело в том, что в иврите, на котором написана Тора, нет гласных букв, как и в других семитских языках. Сравнительно недавно появились огласовки, которые регламентируют, как надо произносить гласные звуки. Раньше же огласовок не было, и человек не знающий иврита мог прочесть слова несколькими способами. В словаре есть несколько значений слова «קרן» в зависимости от огласовок: сиять, угол, луч (света), корнет (муз.

инструмент), рог. В современном переводе пишут «вернулся с осиянным светом Божьим лицом», т.е. «лицо его сияло».

Итак, израильтяне продолжили свой путь к земле Ханаанской, которую им завещал Бог. При подходе к ее границам Моисей послал разведчиков. Вернувшись, разведчики рассказали, что Ханаанская земля богата и плодородна, но густо заселена, обладает укрепленными городами и сильным войском и завоевать ее нет никакой возможности. Израильтяне начали паниковать: «Для чего Господь ведет нас в землю сию. Не лучше ли нам возвратиться в Египет?» Моисей пытался их уговорить, но люди не хотели слушать. Тогда по совету Бога-инопланетянина Моисей вернулся в пустыню, и водил евреев 40 лет. За это время выросло новое поколение, не знавших рабства свободолюбивых израильтян, привыкших к суровой скитальческой жизни. Тогда Моисей повел их завоевывать Ханаанскую землю. Достигнув ее границы, израильтяне остановились на берегу реки Иордан. Здесь Моисей почувствовал, что приближается конец. Он дал израильтянам последние наставления, назначил Иисуса Навина своим преемником, поднялся на гору Навав, с которой была видна Земля Обетованная, и здесь умер. Израильтяне тридцать дней оплакивали Моисея. Потом под предводительством Иисуса Навина они начали войну за Ханаанскую землю и через несколько лет завоевали ее.

Моисей — главный пророк, основатель иудейской религии, законодатель и политический вождь — является одним из центральных персонажей Ветхого Завета. По преданию, автор книг Библии Пятикнижия. Уровень его пророчеств является наивысшим из возможных. Израильтяне называют его Моше Рабейну, т. е. «наш учитель».

Покорение Земли Обетованной

Земля Обетованная, которую Бог обещал израильтянам, находилась на территории Палестины. Вся территория была разделена на две части долиной реки Иордан. Страна была населена хананеями и раздроблена на множество мелких владений, царьки которых, враждовали друг с другом. У Ханаанских царей были испытанные в боях воины и страшные колесницы. Поэтому завоевать Землю Обетованную было нелегко. У израильтян не было осадных машин, не было и колесниц. Оставалось рассчитывать на сплоченность и мужество израильтян и помощь Бога.

Итак, после сорока лет скитания по пустыням, примерно в 2500 году от Сотворения мира, израильский народ наконец-то ступил на берег Земли Обетованной. Иисус Навин был опытным вождем, поэтому послал сначала разведчиков, которые доложили обстановку. После этого Иисус Навин приказал запастись продуктами на три дня, и под звуки серебряных труб во главе со священниками, несущими Ковчег Завета, израильтяне переправились через Иордан и расположились у стен Иерихона. Здесь Иисусу Навину явился Господь Бог в виде ангела и предложил ему план взятия крепости. На следующий день израильтяне начали маршем обходить стены Иерихона. Как и во время переправы, впереди шли священники с Ковчегом Завета, за ними воины и, наконец, женщины, старики и дети в праздничных одеждах; серебряные трубы играли, но все шли молча. Жители города с ужасом наблюдали за непонятными действиями израильтян, не без основания подозревая какую-то хитрость. В то время, когда часть воинов обходила маршем вокруг стен города, другая часть подкапывала стены, а звук священных труб заглушал для иерихонцев шум подкопа. Когда работы по подкопу были завершены, по команде Иисуса Навина одновременно израильтяне издали громкий вопль. В результате образовавшихся пустот неустойчивые стены Иерихона обрушились от одновременного звука труб и крика тысяч израильтян. План

Бога-инопланетянина сработал. Израильтяне ворвались в город. Так был взят Иерихон.

Таким образом, впервые в истории Земли Иисус Навин с помощью инопланетян применил явление резонанса в военном деле.

После Иерихона израильтяне окончательно поверили в свои силы, и в течение семи лет покорили весь Ханаан.

После этого Иисус Навин приступил к разделу Обетованной Земли между израильскими коленами.

На юге поселились потомки Симеона, Иуды и Вениамина.

Остальную территорию покоренной земли заняли, двигаясь с юга на север, колена Ефрема, Манассии, Иссахара, Завулона, Нефалима, Асира. Немногочисленное племя Дана поселилось к западу от Вениаминового колена на границе с филистимлянами. На территории, доставшейся Ефрему, находился город Силом. Иисус Навин решил в этот город перенести народную святыню - Скинию и Ковчег Завета. Таким образом, Силом стал первой столицей Израиля, которой надлежало спаять в одну нацию рассеявшиеся колена. Левитам выделили во владение сорок восемь городов, где по завету Моисея они выполняли религиозные обязанности. Шести городам за Иорданом и в самом Ханаане было предоставлено право давать убежище от родовой мести людям, виновным в неумышленном убийстве. Племена Рувима, Гада и Манассии, выполнив обещание, данное Моисею, пожелали теперь вернуться на землю, полученную ими во владение за Иорданом. Иисус Навин благословил их и в напутственном слове просил сохранить верность Богу и Его храму в Силоме.

ЗАГАДКА ВОСКРЕШЕНИЯ ИИСУСА ХРИСТА

Три чудесных зачатия

С получением израильтянами Земли Обетованной, инопланетяне посчитали дальнейшее активное их вмешательство в жизнь землян излишним. Поэтому, они решили тщательно подготовить Мессию, которого так ждали израильтяне, и на этом закончить активно помогать израильтянам. С этой целью инопланетяне осуществили три искусственных оплодотворения. Эта история описана в Евангелии.

С евангельской историей о непорочном зачатии Марии – матери Христа, *"не знавшей мужа"*, знакомы не только христиане, – эта история стала одним из популярнейших сюжетов мировой культуры. Гораздо менее известна аналогичная евангельская история, которая произошла до Марииной, – зачатие бесплодной Елисаветы, жены священника Захарии, родственницы Марии. В результате этих двух чудесных зачатий произошло вот что: Елисавета родила предтечу Мессии – Иоанна Крестителя, а Мария родила самого Мессию – Иисуса Христа.

Еще менее известна – поскольку сохранилась лишь в апокрифе – история зачатия бесплодной Анны, матери Марии, бабушки Иисуса Христа. Так что Иисус появился на свет в результате двух чудесных зачатий его предков: сначала бесплодной Анны, его бабушки, а затем – девственницы Марии, его матери. Таким образом, Иисус Христос был на три четверти инопланетянином.

Судя по тексту Евангелия, все эти три зачатия были осуществлены инопланетянами во исполнение их единого плана – по реформации Израиля их Наместником-Мессией.

Пророк и Креститель Иоанн Предтеча

Жили родители Иоанна в Хевроне. Он приходился по материнской линии родственником Иисуса Христа, и родился на шесть месяцев раньше. Иоанн Креститель и Иисус Христос связаны были не только родственными узами и тем, что родились в результате искусственного оплодотворения их матерей, – но и своими ролями в выполнении плана инопланетян. Иоанн, как и Иисус, избежал смерти среди тысяч убитых младенцев в Вифлееме и его окрестностях. Елисавета вместе с сыном бежала в пустыню, и пряталась там в пещере. С юных лет Иоанн избрал необыкновенный образ жизни: живя в пустыне, он в молитве и посте пробыл там до тридцати лет. Одежду Иоанн носил самую простую, жесткую, сшитую из ткани, приготовленной из верблюжьих волос, препоясывая ее кожаным поясом. В пище соблюдал крайнюю воздержность: пища его состояла только из корней и растений, дикого меда и акрид (вид саранчи). Скрываясь в пустыне, он ожидал, когда Иисус Христос призовет его на дело общественного служения. Зная о строгой и добродетельной жизни Иоанна, услышав о его учении, полном величия и силы, приходили к нему многие жители, и крестились от него в Иордане, исповедуя грехи свои. Сделавшись популярным, Иоанн тем не менее честно предупреждал народ, что Мессия – не он, а другой. И когда пришло время, обусловленное инопланетянами, – после исполнения Иисусу 30-ти лет, – Иоанн стал прямо указывать на него народу.

СПРАВКА: Большинство христиан, так же, как и светских евреев, не знают, что таинство крещения – один из древнейших еврейских ритуалов. Омовение проводилось в специальном религиозном бассейне — «микве». Подобные бассейны для ритуального очищения устраивались в каждом зажиточном доме предшествующего периода. В особо тяжелых случаях

ритуальной нечистоты все евреи должны были пройти очищение в проточной воде реки. Этот иудейский обряд называется «твила», от этого слова образовано еврейское прозвище Иоанна Хаматвил («совершающий ритуальное очищение водой»), которое было переведено греческими авторами Евангелий как «Креститель».

Кстати, и сегодня невеста перед замужеством должна совершить обряд очищения в микве. Правда, если светская девушка не желает, раввин дает ей разрешение не делать этого.

После Крещения Иисуса Иоанн Креститель был заключен в темницу Иродом Антипой (сыном Ирода Великого), правителем Галилеи. Причиной этого стало то, что Иоанн открыто обличал Ирода, который, оставив свою супругу, беззаконно сожительствовал с Иродиадой, женой родного брата Филиппа. В день своего рождения Ирод устроил пир, на который пригласил много знатных гостей. Дочь Иродиады Соломия танцевала перед гостями и понравилась Ироду. В благодарность за это царь поклялся дать ей все, чего она ни попросит, даже до половины своего царства. Соломия по совету своей матери Иродиады просила дать ей на блюде голову Иоанна Крестителя. Ирод не мог нарушить свою клятву, и приказал обезглавить Иоанна. Так мученически закончил свою земную жизнь Святой Иоанн Креститель.

Рождение Мессии

Перед рождением ребенка Марии было видение, будто видит она два народа: один плачет, а другой радуется. Она рассказала об этом своему мужу Иосифу. Они в это время были в дороге из Назарета в Вифлеем, и Мария сидела в седле. Иосиф посоветовал ей не говорить лишних слов, так как боялся, что это может вызвать преждевременные роды.

Тогда в образе прекрасного юноши появился инопланетянин и сказал Иосифу: *«Почему назвал ты лишними слова, что Мария говорила тебе об этих двух народах? Ибо видела она народ иудейский плачущим, ибо он отдалился от Бога своего, и народ языческий радостным, ибо он приблизился к Господу, как обещано было отцам нашим Аврааму, Исааку и Иакову. Ибо настало время благословению в роде Авраамовом распространиться на все племена земные»*. И тут начались роды. Иосиф бросился искать повивальную бабку; а пока он искал, Мария родила в пещере. И хоть Иосиф не находился в тот момент с ней, – но он почувствовал, что родился Мессия. И назвал Иосиф ребенка Йешуа (Иисус – «спаситель»). В то время имя Иисус было популярным у евреев. Детей называли в память об ученике Моисея и завоевателе Земли Израильской Иисуса Навина.

Кто принимал роды, Иосиф не видел. А принимали роды ангелы. Участие ангелов-инопланетян косвенно подтверждается еще и тем, что в этой пещере было искусственное освещение.

Детство Иисуса

Боги-инопланетяне старались подготовить общественное мнение Израиля к рождению Мессии. Сначала они сделали это через пастухов-израильтян. Им явился ангел и сказал: «Не бойтесь; я возвещаю вам великую радость, так как сегодня в Вифлееме родился Мессия». Пастухи пришли в Вифлеем, нашли пещеру с ребенком, и рассказали всем о том, что с ними случилось. Потом инопланетяне организовали посещение новорожденного иностранцами-волхвами. Разыскивая новорожденного, волхвы объясняли, что видели звезду, которая была для них не просто астрологическим знамением рождения Мессии. Она была их путеводной звездой. Вероятно, инопланетяне повесили над пещерой осветительную ракету, которую волхвы и приняли за звезду.

СПРАВКА: Волхвы – персидские и вавилонские священники, мудрецы и звездочеты, которые пришли поклониться Иисусу.

О том, что волхвы посетили новорожденного Иисуса не просто из праздного любопытства туристов-иностранцев, свидетельствует и само поклонение, которое они выразили перед ним как перед Царем или Мессией. Царь Ирод, который в это время правил в Израиле, узнал, что родился ребенок, который, возможно, станет претендентом на его престол. Он обеспокоился, и приказал убить всех младенцев. Когда родители Иисуса узнали о намерении Ирода, они бежали в Египет, и вернулись в Назарет только после смерти Ирода.

Иосиф и Мария были образованными людьми того времени. Сначала воспитанием ребенка занималась Мария, а когда Иисус подрос, к его воспитанию подключился Иосиф. Иисус рос здоровым любознательным ребенком. Игрался с соседскими детьми и со своими братьями и сестрами, которые появились позже. Он был как все дети своего возраста, хотя уже с детства проявлял недюжинные способности. Когда ему исполнилось 7 лет, он начал посещать школу. Учился он очень хорошо. Еще до школы, читая многочисленные книги, он освоил арамейский и греческий языки. В школе он начал изучать еще иврит, и вскоре уже знал три языка. Причем, мог не только разговаривать, но и читать и писать на этих языках.

К 13-ти годам он уже был вполне сформировавшимся молодым человекам, имел собственное мнение по всем вопросам, часто отличающееся от общепринятого, участвовал в диспутах вместе со взрослыми, и взрослые прислушивались к его мнению.

Распятие и воскрешение

Вокруг Иисуса стали группироваться ученики, поверившие в его мессианство. В конце концов, вокруг Иисуса сгруппировалось 12 апостолов, которым он стал передавать своё учение, сутью которого было всепрощение и любовь к ближнему.

СПРАВКА: Апо́столы, апо́стол —от греческого посол, посланник— ученики и последователи Иисуса Христа.

Тем временем римляне, под контролем которых находилась тогда Палестина, посчитали, что Иисус становится слишком могущественным и опасным, и приняли решение о его устранении. Чтобы среди евреев не возникли волнения, римский Прокуратор Понтий Пилат запретил еврейскому Синедриону (Совету Жрецов) поддерживать Иисуса. Взятого под стражу Иисуса отвели к Понтию Пилату и осудили на смерть за то, что он называл себя Сыном Божьим. На следующий день Иисуса отвели на холм Голгофу и распяли на кресте вместе с двумя другими осуждёнными.

Вечером за телом Иисуса явился его ученик Иосиф, который снял его с креста, обернул чистым полотном, положил его в пещере и завалил вход большим камнем.

Утром в воскресенье еврейские женщины во главе с Марией Магдалиной пришли, чтобы намазать тело Иисуса благовонными маслами, и вместе с Иоанном и другими учениками увидели, что камень от входа в пещеру отвален, а тела Иисуса нет. Вечером воскресший Иисус явился к своим ученикам и долго беседовал с ними.

Конечно же, Иисус не был убит. Инопланетяне позаботились о том, чтобы копье, которым легионер должен был убить Иисуса, не затронуло жизненно важных органов, затем инопланетяне погрузили Иисуса в коматозное состояние, а после распятия забрали его к себе на станцию.

Приведя Иисуса в чувство и подлечив его, инопланетяне вернули Иисуса на землю.

Идея инопланетян о создании на земле Царства Божия под руководством Мессии-Иисуса не состоялась.

Если инопланетяне действительно хотели создать на Земле идеальное общество, то эта задача изначально была обречена. Гены диких животных плюс гены инопланетян-преступников дали такое существо, что понадобится еще не одно тысячелетие, чтобы это существо стало достойным звания **человек**. А, не имея достойных людей, никакое приличное общество не построишь.

Кстати, если бы Ленин изучал реальную историю, он бы понимал утопичность построения в обозримом будущем, условно говоря, коммунизма. Естественно, если поверить, что он хотел совершить благое дело, а не просто захватить власть в стране.

Еще несколько слов о дальнейшей судьбе Иисуса. Несколько месяцев Иисус отсутствовал, а затем вернулся в Палестину.

Современные учёные, и в первую очередь немецкий ученый Холдер Керстен, смогли восстановить жизнь Иисуса после воскрешения. Согласно их исследованиям, за несколько месяцев своего отсутствия Иисус успел побывать в Индии. Вернувшись после Индии в Палестину, Иисус вместе со своей матерью, Марией Магдалиной и некоторыми из учеников отправился на север в Турцию по приглашению её правителя. До сих пор в тех местностях, по которым проходил путь Иисуса, о нём сохранились многочисленные истории и предания. Исследователи не исключают, что из Турции Иисус мог отправиться в Европу и побывать даже в Англии.

Из Европы Иисус отправился на юго-восток и посетил Вавилон и Персию. В различных мусульманских исторических книгах, в том числе и Коране, имеются записи об Иисусе.

Последние 30-40 лет своей жизни Иисус провёл в индийской провинции Кашмир. Он вёл жизнь странствующего священника, посещая соседние провинции и города, но всегда возвращался в Кашмир.

Иисус умер в Шринагаре в возрасте более 80 лет, и его могила находится в старой части Шринагара в склепе Розабал ("Могила Пророка").

Склеп Розабал ("Могила Пророка").

Саркофаг Иисуса Христа.

ПОСЛЕСЛОВИЕ

Иногда слышишь от многих людей, почему Бог допускает столько несправедливости. Если считать, что Бог – это всего лишь инопланетянин, то ответ на многие подобные вопросы довольно простой. По мере развития человечества интерес к нам у инопланетян становился все меньше и меньше. У них своя жизнь и свои цели. К нам они относятся так, как мы относимся к дикой природе: по возможности помогаем, но, главное, стараемся не мешать. У дикой природы свои законы. Когда мы видим, как хищник убивает свою жертву, нам жаль жертву. Но нам также жаль и хищника, если он погибает от голода. Для хищников убийство ведь просто способ добывания пищи. Как правило, хищники никого не убивают, если не голодны. Все, что нам кажется несправедливым, в глазах инопланетян – естественный процесс. И, наконец, после неудачной попытки преобразовать полудикое общество землян и появления на Земле христианства, инопланетяне посчитали, что нет больше необходимости активно вмешиваться в жизнь землян. Поэтому с тех пор и не было замечено явных свидетельств вмешательства инопланетян в нашу жизнь.

Плачевные результаты чрезмерного вмешательства людей в жизнь дикой природы давно известны. Для примера только два таких случая, которые приходят на память. В некоторых странах Европы одно время решили уничтожить всех волков. Ученые приводили огромные цифры потерь скота от нападений волков. И что же? После уничтожения волков, стада начали хиреть; вместо сильных крепких животных начали преобладать слабые и больные. Волки были санитарами. Они убивали в основном слабых и больных и этим укрепляли стада. Пришлось срочно восстанавливать популяцию волков. Сейчас тщательно и осторожно регулируют популяцию волков.

Или такой пример. Много лет тому назад в Китае по рекомендации некоторых недальновидных ученых решили полностью уничтожить всех воробьев. Как и на примере с волками, ученые приводили в качестве аргумента тонны зерна, съедаемые воробьями. К этой операции руководство страны подошло с восточным хитроумием. Оказывается, воробьи не могут долго находиться в полете. Населению были розданы специальные трещотки. Люди вооружились пустыми ведрами и тазами. В назначенный день и час люди подняли страшный шум. Напуганные воробьи взлетели в воздух, а сесть куда-то боялись. В результате, обессилив, падали на землю, и тут же были растоптаны тысячами ног. Отдельные воробьи, которые спасались на верхушках деревьев, были расстреляны специальными армейскими снайперами. Я помню кадры кинохроники тех лет. Колонны грузовиков вывозили уничтоженных воробьев. Ликующий народ огромной страны выражал благодарность руководству страны за заботу о простых гражданах. Мир с изумлением наблюдал за происходившим. И что же? На следующий сезон вредители уничтожили значительно больше зерна, чем съедали несчастные воробьи. Пришлось завозить воробьев из соседних стран.

Мы же со своей стороны, вероятно, не должны стремиться к преждевременному сближению с инопланетянами. Пусть все идет естественным путем. В конце концов, инопланетянам, как значительно более развитым существам, надо дать возможность самим решать вопрос необходимости сближения.

И ещё. Мы – часть вселенной, и развиваемся мы по общим законам вселенной. Скорее всего, даже наш внешний вид такой же, как у инопланетян. Может быть, инопланетяне немного выше или ниже, или, например, легкие у них большего объема. Это зависит от размеров планеты, на которой они живут, состава атмосферы или еще каких-то факторов. В остальном, все так же: так же две руки и две ноги, так же пара глаз и ушей, такое же общее строение. Если есть отличие, то оно скорее всего такое же, как, например, отличие японца или шведа от африканского пигмея, всего лишь.

Приложение: **Отрывок из книги Эдвига Арзуняна «Бог был инопланетянином».**

«…НЕЗЕМНЫЕ СТРАННОСТИ HOMO SAPIENS

ФИЗИОЛОГИЯ.

Гладкость кожи. Один из **не разгаданных** современной наукой феноменов – отсутствие растительности на большей части человеческого тела. В то время, как все наземные млекопитающие, включая ближайших родственников человека – обезьян, для защиты от нежелательных механических и температурных воздействий покрыты шерстью.

А недавно в книге английского зоолога Десмонда Морриса "Голая обезьяна" я прочитал такое: *"Существует сто девяносто три вида мелких и крупных обезьян. Сто девяносто два из них имеют волосяной покров. Исключение составляет голая обезьяна, именующая себя homo sapiens (человек разумный)"*[1]. Т. е. автор придает такое большое значение фактору отсутствия шерсти у человека, что даже вынес этот фактор в заглавие своей книги.

Как же человек остался без такой защиты, в том числе и в экстремальных климатических условиях: эскимосы – за полярным кругом, негры – в тропиках?

Известно, что неандертальцы, жившие от 200 до 50 тысяч лет назад, были покрыты шерстью, как и их предки – обезьяны, а кроманьонцы, жившие от 50 тысяч лет назад и позже, были такими же гладкокожими, как и их потомки – мы с вами; и в целом по своим биологическим параметрам кроманьонцы уже не отличались от нас. Однако антропологам так и не удалось пока найти какого-нибудь переходного, промежуточного гуманоида между неандертальцем и кроманьонцем: *"Неандертальцы встретились с человеком нашего вида* (с кроманьонцами) *на Ближнем Востоке. Первые туда пришли с севера, из Европы, а вторые – с юга, из Африки. Совсем недавно, используя*

---

[1] Моррис, Голая обезьяна, стр. 5.

новые методы определения возраста захоронений, ученые разобрались в расписании этой встречи, начавшейся 120 тыс. лет назад и закончившейся 60 тыс. лет назад: оба вида по нескольку раз заселяли стоянки на территории современного Израиля (рядом с северо-восточной Африкой). *Т. е. они были современниками. И один из их них (неандерталец) никак не мог быть предком другого. <...> Неандертальцам встреча с более прогрессивным младшим братом ничего хорошего не принесла: они не выдержали конкуренции и вымерли не позднее 25 тыс. лет назад. Некоторые небиологи говорят, что они «влились» в новый вид. Но биологи знают, что такого в природе не бывает: виды могут только расходиться".*[2]

Земля относится к сравнительно молодым планетам. Так что если на других планетах существует разумная жизнь, то на многих из них гуманоиды эволюционировали значительно дольше землян и достигли значительно более высокого уровня цивилизации. А это значит, что и тело инопланетянина дольше "привыкало" к одежде, а также и к космическому скафандру, – если эти инопланетяне подолгу жили на чужих для них, не пригодных для жизни без скафандра планетах или на искусственных спутниках.

Кроманьонский человек появился 50 тысяч лет назад, – а что, если существуют расы инопланетян, появившихся многие миллионы лет назад? Поскольку **их тело миллионы лет эволюционировало в условиях защиты одеждой или скафандром,** то шерсть на теле, как атавизм, почти перестала образовываться – кроме особо потеющих мест: под мышками и в пахе; ведь так же, как атавизм, и у нас, землян, почти полностью исчез хвост.

Прилетев на планету Земля, инопланетяне создали тут, себе в помощь, первые экземпляры гибрида инопланетянина и неандертальца – кроманьонца, воина-работника: с объемом мозга, почти таким же, как у инопланетянина, и с объемом мускулов, почти таким же, как

---

[2] Дольник, стр. 43-45.

у неандертальца; это и были, по-видимому, библейские Адам и Ева.

СПРАВКА: *"Полное же замещение сапиенсом его предшественников произошло примерно 40-30 тыс. лет назад. Именно этот переходный период между эректусом и сапиенсом считается наиболее сложным и загадочным этапом эволюции человека.* <...> *Есть даже точка зрения, что в конце плейстоцена (около 200 тыс. лет назад) численность гоминид резко сократилась, и современные люди первоначально появились в одном центре, скорее всего в Африке южнее Сахары".*[3]

"Загадочный этап"? Конечно, загадочный, – потому что официальная наука в целом не признает пока вмешательства инопланетян в земную эволюцию.

"Численность гоминид (неандертальцев) *резко сократилась"*? Конечно, сократилась – из-за интенсивной в тот период интервенции на Землю инопланетян.

Адам и Ева унаследовали от инопланетян, наряду с другими качествами, и гладкую кожу, без неандертальской шерсти, – а мы с вами унаследовали эту кожу уже от Адама и Евы. Впрочем, иногда – как атавизм – волосатые люди рождаются и в наши дни; еще в прошлом веке их показывали в цирках.

Такой была и библейская царица Савская: *"Соломон же, услышав о приходе царицы, сел в зале с полом из прозрачного стекла на помосте, желая испытать ее. А она, видя, что царь сидит в воде* (над полом из прозрачного стекла), *подобрала свои одежды перед ним. И он увидел, что она прекрасна лицом, тело же ее волосато, как щетка. Волосами этими она привораживала мужчин, бывавших с нею. Соломон же сказал мудрецам своим:*

– Приготовьте баню и мазь с зелием и помажьте ее тело, чтобы выпали волосы.

А мудрецы и книжники сказали ему, чтобы он сошелся с нею". ("Суды Соломона").[4]

Итак, в целом у современного homo sapiens преобладает гладкая кожа. Однако надо заметить, что в одной части тела волосяной покров у людей, наоборот, даже увеличился: на голове, – как бы подчеркнув тем самым возросшее значение этого биокомпьютера. Ну, а привычная нам мужская растительность на лице у большинства наций и отсутствие таковой у женщин – это уже просто сексуальная маркировка, как гребень на голове петуха или грива на голове льва.

---

[3] КиМ, словарная статья "Антропология".

[4] Апокрифы древней Руси, стр. 53.

Двойственность натуры. *"Приобретя новые, возвышенные мотивы своего поведения* (от богов-инопланетян), *он* (homo sapiens) *не утратил ни одного из прежних низменных* (от неандертальцев). *Подобное обстоятельство зачастую досаждает ему, однако древние инстинкты были с ним миллионы лет, в то время как новые – самое большее каких-нибудь несколько тысяч лет* (по состоянию на 19 сентября 2009 года – 5772 года, когда, по Библии, был создан Адам). *И стало быть, быстро стряхнуть с себя генетическое наследство своей эволюции нет никакой надежды".*[5]

Слабые обоняние и слух, выносливость и скорость передвижения. *"Для начала отметим, что он* (homo sapiens) *обладал неподходящим для жизни на Земле* (словно он раньше жил не на Земле) *аппаратом чувственного восприятия. Обоняние у него было слишком неразвитым, слух недостаточно острым. Физически человек не годился для испытаний на выносливость и для молниеносных бросков".*[6]

Длительность созревания мозга. *"Когда животное рождается, его мозг успевает достичь 70% величины мозга взрослой особи. Остальные 30% быстро набираются в течение первых шести месяцев жизни животного. Даже у детеныша шимпанзе рост мозга заканчивается через год после его рождения. Если сравнить с нашим видом, то мы обнаружим, что при рождении наш мозг составляет лишь 23% от размера мозга взрослого индивида* (против 70% у шимпанзе). *Быстрое его увеличение продолжается в течение первых шести лет жизни* (против шести месяцев у шимпанзе), *а весь процесс роста мозга прекращается лишь на двадцать третьем году* (против одного года у шимпанзе). *Выходит, что у нас с вами процесс роста мозга продолжается приблизительно* ***в течение десяти лет после*** (выделено мной – Э. А.) *того, как мы достигли половой зрелости. Однако у шимпанзе он заканчивается* ***за шесть или семь лет до*** (выделено мной – Э. А.) *того, как животное становится способным к размножению".*[7]

---

[5] Моррис, Голая обезьяна, стр. 5-6.
[6] Моррис, Голая обезьяна, стр. 37.
[7] Моррис, Голая обезьяна, стр. 38-39.

Решающая роль знания. *"Напоследок зададимся вопросом: почему унаследованные нами от предков программы так противоречивы? Неужели и у других животных такая же сумятица? Оказывается, нет, обычно у диких видов программы весьма согласованы, притерты друг к другу; новые программы реализуются четко, а древние, которым они пришли на смену, либо подавлены, либо подправлены. Разгадку этого парадокса нашел в конце 1940-х годов наш замечательный соотечественник генетик С. Н. Давиденков. Биологическая эволюция от обезьяны к человеку была исключительно быстрой на последнем этапе и далеко не прямой. <...> Но в самый разгар биологической эволюции случилось невиданное: человек в значительной мере вышел из-под влияния естественного отбора* (из-за создание гибрида **неандерталец+инопланетянин**). *Незавершенным, недоделанным. И таким остался навсегда. <...> А вышел человек из-под действия отбора потому, что главным условием успеха стала не генетически передаваемая информация, а внегенетически передаваемые знания. Выживать стали не те, кто лучше устроен, а те, кто лучше пользуется приобретенным и с каждым поколением возрастающим знанием о том, как строить, как добывать пищу, как защищаться от болезней, как жить".*[8]

Умение говорить. *"Однажды была предпринята серьезная попытка научить молодого шимпанзе говорить, но достигнутый успех оказался весьма скромным. Животное воспитывалось в человеческом жилище в условиях, в каких живут дети. Сочетая поощрение в виде еды с манипуляцией губ, делались неоднократные попытки убедить животное произнести простые слова. К двум с половиной годам животное научилось говорить "мама", "папа" и "чашка". Со временем оно смогло использовать эти слова в нужном контексте, шепча "чашка", когда хотело напиться воды. Упорные занятия с животным продолжались, но к шести годам (когда человеческий детеныш знал более двух тысяч слов) словарный запас*

---

[8] Дольник, стр. 189-190.

шимпанзе составлял всего семь слов (7 против 2000 у человека). *Это различие является вопросом иного уровня развития, а не отсутствия голоса. Шимпанзе наделен речевым аппаратом, который по своему строению вполне способен производить большое количество звуков. Тупость животного объясняется не неприспособленностью его речевого аппарата, а несовершенством содержимого его черепной коробки".*[9]

* * *

МЕЖПЛАНЕТНЫЕ МЕТИСЫ

Если взять в качестве примера смешанные браки белой и черной рас, то генетический набор складывается у их потомков по-разному: у большинства кожа оказывается более или менее смуглой, в то время как отдельные индивидуумы могут быть совершенно белокожими, а другие – совершенно чернокожими. Аналогично получилось и при смешении в браке земной и инопланетной рас: одни индивидуумы выглядели больше землянами, другие – больше инопланетянами. Именно этим можно объяснить растерянность Лемеха при рождении его сына Ноя (того самого Ноя, который впоследствии построил Ноев ковчег): *"И после некоторого времени мой сын Мафусаил взял своему сыну Лемеху жену, и она зачала от него и родила сына. Тело его было бело, как снег, и красно, как роза, и его волосы головные и темянные были, как волна (руно), и его глаза были прекрасны; и когда он открыл свои глаза, то они осветили весь дом подобно солнцу, так что весь дом сделался необычайно светлым. И как только он был взят из руки повивальной бабки, то открыл свои уста и начал говорить к Господу правды.*

И его отец Ламех устрашился этого, и удалился, и пришел к своему отцу Мафусаилу. И он сказал ему:

– Я родил необыкновенного сына; он не как человек, а похож на детей небесных ангелов, ибо он родился иначе, нежели мы: его глаза подобны лучам солнца и его лицо блестящее. И мне кажется, что он происходит не от меня,

---

[9] Моррис, Голая обезьяна Голая обезьяна, стр. 145.

а от ангелов; и я боюсь, как бы в его дни не произошло на земле чудо. И теперь, мой отец, я здесь с неотступною просьбою к тебе о том, чтобы ты отправился к нашему отцу Еноху и выведал от него истину, ибо он имеет свое жилище возле ангелов". ("Книга Еноха", 20, 1-7).[10]

Тогда Главный Инопланетянин передал Лемеху через Еноха, чтобы успокоить растерявшегося отца:

"– И теперь извести сына своего Ламеха, что родившийся есть действительно его сын, и нареки ему имя Ной, ибо он будет для вас остатком; и он и его сыновья спасутся от уничтожения (Всемирным потопом)*, которое придет на землю за все грехи и за всякую неправду, которые совершаются на земле в его дни".* ("Книга Еноха", 20, 18).[11]

Египет: Как я уже писал, считалось, что цари и фараоны получали власть непосредственно от богов (см. подглавку "Где начинается история?"). Но по некоторым сообщениям получается, что они не только получали от богов власть: *"Каждый фараон был преемником богов, а также их потомком, и притом не только через длинный ряд своих предшественников-людей (несмотря на смену династий), но и непосредственно: царица рождала наследника от явления к ней верховного бога. Целый ряд изображений в храмах неоднократно представляет нам происхождение царя непосредственно от божества".*[12] *"Как известно, подлинными, земными родителями царицы Хатшепсут были фараон Тутмос I и его жена, царица Яхмос. Изображения же и сопровождающие их надписи не оставляют ни малейшего сомнения в том, что знаменитая царица считалась официально дочерью царицы Яхмос и бога Амона (в те времена верховного бога Египта, отождествленного с богом Ра). Сопровождаемый богом Томом, Амон направляется в покои царицы, приняв образ ее земного супруга, фараона Тутмоса I. Божественный аромат, исходящий от него* (древнеегипетский дезодорант)*, волнует царицу. Она воспламеняется страстью к богу и отдается ему.*

---

[10] Видения, стр 149-150.

[11] Видения, стр. 151.

[12] Тураев, Восток, стр. 201-202.

Рождается дитя божественного происхождения – Хатшепсут. Аналогичные изображения и подписи повествуют о рождении в Луксоре фараона Аменхотепа III, земными родителями которого были фараон Тутмос IV и царица Мутемуйя, а «подлинным» отцом – сам бог Амон. Таким образом, в отношении двух фараонов XVIII династии – Хатшепсут и Аменхотепа III – мы имеем совершенно неопровержимое доказательство концепции «двойного отцовства». <...> Яххотеп была, насколько известно, первой царицей, носившей титул «жены бога». Амон-Ра, таким образом, имел в лице царицы земную жену, что вполне соответствует изложенным выше представлениям о теогамии. Однако царь богов не ограничивался одной женой. Как и фараон, он имел гарем из земных наложниц, и этими наложницами являлись «певицы и музыкантши» храма. <...> Но начиная с Осоркона III, фараона XXIII династии, около 720 г. до н. э. и вплоть до Псамтика III, фараона XXVI династии, приблизительно до 525 г. до н. э., Фиваида управлялась не верховными жрецами Амона-Ра, а пятью «женами бога», правившими друг за другом".[13]

АДАМ И ЕГО МАДАМ

Как Адам оказался на поверку не первым, – так же, по раввинистской литературе, оказалась не первой и Ева: *"Итак, Бог наказал Адаму дать имена всем животным и птицам и всем живым тварям. Когда они проходили перед ним парами, Адам – будучи уже подобен совершеннолетнему мужчине – возревновал к ним, и хотя он пытался совокупляться со всеми женскими особями поочереди, удовольствия в этом не находил. Тогда он воскликнул:*

– У всякого существа, кроме меня, есть подруга, подобная ему!

И стал молить Бога, чтобы Он исправил эту несправедливость. (Gen. Rab., 17.4; Yebamot 63a).

Тогда Бог создал Лилит, первую женщину, так же, как Он создал Адама, разве что использовал грязь и ил

---

[13] Коростовцев, стр. 215, 236-237, 237.

вместо чистого праха. Из союза Адама с этой демонессой и с другой, подобной ей, по имени Наамах, сестрой Тувалкаина, родились Асмодей (демон зла) *и еще множество демонов, которые до сих пор досаждают человечеству. (Yalkut Reubeni ad. Gen. II.21; IV.8). <...>*

Адам и Лилит никак не могли ужиться вместе; когда он хотел возлечь с нею, она обижалась, если он просил ее лечь внизу.

– Почему я должна лежать под тобой? – спрашивала она. – Меня тоже создали из праха, поэтому я ровня тебе. (Alpha Beta diBen Sira, 47; Gaster, MGWJ, 29 <1880>, 553ff)".[14]

"Говорят, что она бормотала одно из волшебных имен Бога (см. подглавку "Что такое «МЕ»?") *, и это позволило ей улететь".*[15]

О судьбе же Наамах сведений не сохранилось.

"В Псевдо-Сирахе (изд. Штейншнейдера, стр. 23а) рассказывается, между прочим, о том, что три ангела, Сануй, Сансануй и Самангалуф, получили приказание вернуть Лилит к Адаму; но когда она стала детоубийцей, подобно Ламии, то была отдана под их надзор..."[16]

СПРАВКА: *"Ламия, в греческой мифологии прекрасная девушка, превратившаяся в чудовище после того, как Гера погубила всех ее детей. Бродила по ночам, похищала и пожирала младенцев".*[17]

Наконец, *"Бог сделал вторую попытку и позволил Адаму смотреть, как Он создает женщину из костей, сухожилий, мышц, крови и желез, а потом покрывает все это кожей и добавляет волосы, как требуется".*[18]

Такое зрелище вызвало у Адама отвращение; и о судьбе данной, третьей женщины сведений также не сохранилось.

И лишь тогда произошло то, что известно по Торе: ***"И навел Господь Бог крепкий сон на человека; и, когда он***

---

[14] Грейвс, Иудейские мифы, стр. 92-93.

[15] Ангелы, стр. 132.

[16] Еврейская энциклопедия, т. 2, стр. 474.

[17] КиМ, словарная статья "Ламия".

[18] Грейвс, Иудейские мифы, стр. 94.

уснул, взял одно из ребер его, и закрыл плотию то место. И перестроил Господь Бог ребро, которое взял у человека, в женщину, и привел ее к человеку. И сказал человек:

– Сей раз это кость от моих костей и плоть от плоти моей; она будет называться ИША (женщина), ибо от ИШ (мужчины) взята она". Бытие, 2, 21-23.

Таким образом, Ева – лишь четвертый вариант созданной Богом женщины. *"Ева, названная в Книге Бытия женой Адама, отождествляется историками с богиней Heba, женой хеттского бога бури, которая скакала обнаженной на спине льва и у греков стала богиней Гебой (Hebe), женой Геракла".*[19] *"Еврейское* ***хавва́*** (от Хавва=Ева) *означает «жизнь»; соответственно первая женщина предстает как носительница и олицетворение жизни".*[20]

Судя по тому, что в Торе ничего не говорится о боли Адама при хирургической операции удаления ребра, инопланетяне усыпили его, видимо, при помощи наркоза (*"И навел Господь Бог крепкий сон на человека"*). А Ева была создана методом клонирования: чтобы она биологически была максимально близка Адаму, – для упрочения новой, выведенной человеческой породы (*"И перестроил Господь Бог ребро, которое взял у человека, в женщину"*).

В наши дни подобное клонирование становится вполне доступным науке: *"В соответствии с уже отработанной на животных методикой клонирования ученые компании «Эдванс селл текнолоджи» вводили ДНК, полученную из кожи взрослого человека, в безъядерные человеческие яйцеклетки. Такие яйцеклетки, как и при оплодотворении сперматозоидами, начинают делиться, образуя через несколько дней культивирования в пробирках шарообразные структуры, состоящие из многих десятков клеток, так называемые бластоцисты. Человеческие бластоцисты путем клонирования получены впервые. Является ли это шагом на пути клонирования целого*

---

[19] Грейвс, Иудейские мифы, стр. 11.

[20] Введение. – В кн.: Пятикнижие, стр. 25.

человеческого организма? Безусловно! Но для этого необходимо подсадить бластоцисты в матку женщины для вынашивания плода". (Голубев Д., "Эмбрион: первый клон").[21]

Скорее всего, для клонирования инопланетянам необходимо было не все ребро Адама, а лишь его фрагмент, кусочек – именно поэтому Адам отнюдь не чувствовал впоследствии недостатка в количестве своих ребер, о чем можно судить хотя бы по его благополучному, 930-летнему долгожительству.

Некоторые же еврейские ученые вообще ставят под сомнение правильность перевода ивритского слова как "ребро": *"Из самого ивритского текста неясно, что именно это было, – вполне вероятно, что «ребро» тут означает «грань», «сторону», «часть сущности»".*[22] Иначе говоря: просто кусочек его тела с ДНК – для клонирования.

В правильности перевода *"ребро"* заставляет усомниться и апокриф "Книги Сивилл": *"Тут, кость его вынув,/ Бог из нее сотворил супругу законную – Еву..."*[23]

СПРАВКА: *"**Сивиллы** (Сибиллы), легендарные прорицательницы, упоминаемые античными авторами; насчитывалось до 12 сивилл".*[24]

Больше того, переводчик текста уточняет: *"В рукописи слово «кость» отсутствует. Буквальный перевод: «вынув... из паха (lapare)".*[25] Т. е. переводчик просто пошел тут на поводу у традиционного библейского перевода, хоть и добавив не конкретное понятие "ребро", а несколько менее конкретное – "кость".

На самом же деле в рукописи не указано, что именно Бог достал из паха Адама: ребер в районе паха явно не имеется; а вот что там действительно имеется, так это, например, сперма. Так что Ева вполне могла быть создана в колбе с использованием спермы Адама, и тогда она прежде

---

[21] НРС, 27 ноября 2001.

[22] Телушкин, стр. 13.

[23] Книги Сивилл, песнь 1, 28-29.

[24] КиМ, словарная статья "Сивиллы".

[25] Примечания. – В кн.: Книги Сивилл, стр. 321, примечание 28.

всего – его дочка, а затем уже жена (как позже случилось, например, с Лотом и его дочерьми).

Рассказав о создании Адама и Евы, Тора упустила один, так сказать, интимный нюанс, о котором мы узнаем из другого апокрифа – "Книги юбилеев": сразу же после создания Евы *"и пробудил Бог Адама ото сна* (от наркоза), *и, пробудившись, поднялся он в шестой день, и Бог привел ее к нему, и он познал ее и сказал ей:*

– Это кость от костей моих и плоть от плоти моей".[26]

Может, как раз отсюда и перекочевало слово "кость" в "Книгу Сивилл"?

Впрочем, этому еще предшествовал ритуал бракосочетания: *"Десять роскошных chuppoth,* חופות *(«брачные покои» или «брачные балдахины»), усыпанных жемчугом и другими драгоценными камнями и украшенных золотом, Бог соорудил для Евы, которую Он лично выдал замуж и над которой сам же произнес брачное благословение, в то время как ангелы с плясками играли на бубнах, а затем охраняли брачный покой (Purke r. El., XII)".*[27]

[26] Книга юбилеев, стр. 21.
[27] Еврейская энциклопедия, т. 7, стр. 430.

БИОГИБРИДЫ

Это началось еще до Потопа: *"Согласно мидрашу, скотоложство было одним из тех страшных грехов, которому предавалось допотопное человечество и за которые оно было полностью – за исключением Ноя и его семьи – стерто с лица земли. Тот же мидраш сообщает, что до потопа сексуальные межвидовые связи давали потомство, и потому по земле бродили самые различные чудовища и уроды, рожденные от таких связей".*[28]

Но надо сказать, что забытое прошлое уже стучится в проясняющееся будущее: *"Известный профессор Панаиотис Завос объявил, что им был создан эмбрион* ***человекокоровы****, который развивался в течение двух недель. Эта новость вызвала сегодня во всем научном мире бурную реакцию протеста. Многие ученые характеризуют такой шаг как «чудовищный».*

Согласно заявлению Завоса, работающего сейчас в одной из лабораторий США, он поместил ДНК человека в яйцеклетку коровы, из которой предварительно было извлечено ядро. Затем ему удалось вызвать начало деления клеток. «Новаторство» Завоса заключается в том, что созданный им эмбрион прошел в своем развитии важную грань, когда из тканей начинают формироваться органы. Сейчас Завос заявляет, что при согласии донора он мог бы пересадить развивающийся эмбрион женщине-добровольцу для дальнейшего развития плода, однако предпочел его уничтожить". ("Чудовищный эксперимент").[29]

Представляете: в наши дни женщина уже может родить ***человекокорову*** или ***человекобыка***!

Месопотамия: Успешному созданию метиса инопланетянина с неандертальцем предшествовало, видимо, множество не столь удачных экспериментов: *"Загадочные люди-быки и люди-львы (сфинксы), украшавшие окрестности храмов в древности на Ближнем Востоке, могли являться не просто плодом воображения художника,*

---

[28] Люкимсон, стр. 156.

[29] НРС, 15 сентября 2003.

но реальными существами, произведенными в биологических лабораториях Нефилимов – печальными результатами неудачных научных экспериментов, запечатленных в красках, глине и камне".[30]

В аккадской поэме "Энума Элиш", сохранившейся на глиняных табличках, упоминаются существа, о которых так пишется в комментариях: *"Не всегда точно известно значение слов, обозначающих сложных, смешанных чудовищ, творения Тиамат, поэтому перевод может быть спорным. <...> В шумерских мифах их число 50, они спутники и свита бога Энки-Эйи. Кулилу – человек с рыбьим хвостом, но, возможно, и рыбокозел, один из спутников бога Энки-Эйи. Кусарикку – возможно, гигантский бизон с человечьим торсом или лицом; иногда это слово переводят также человек-рыба".*[31]

А вот сообщение вавилонского жреца-писателя Бероса: *"Они* (боги) *породили людей с двумя крылами; и кроме того, были еще другие – с четырьмя крылами и двумя лицами, тело имеющие одно, а голов две – женскую и мужскую, – и пол двойной, мужской и женский; а потом еще другие люди – с козьими ногами и с рогами на голове* (русские ***черти***)*; и другие еще – с лошадиными ногами, и еще такие, которые сзади – кони, а спереди – люди, эти имели облик гиппокентавров. Породили они также человекоголовых быков, и собак с четырьмя телами, у которых хвост торчит сзади наподобие рыбьего; а еще коней с собачьими головами; и еще других чудовищ, с лошадиной головой, человеческим телом и с хвостом, как у рыбы; а кроме того, разного рода драконообразных чудищ; и рыб, и гадов, и змей, и массу удивительных разнообразных существ, имеющих части друг от друга".*[32]

Что же касается разного рода людей-рыб, то в некоторых источниках речь, возможно, идет не о гибридных существах, – а об инопланетянах-водолазах (см. часть III, подглавку "Подводная лодка") .

---

[30] Ситчин, Планета, стр. 319.
[31] Комментарии. – В кн.: Сокровенное, стр. 285-286.
[32] Тексты, 2002, стр. 299.

Египет: *"Этот самый Мането* (египетский жрец) *утверждает, будто однажды боги спустились с небес, чтобы просветить людей. И эти боги создали всевозможных гибридов, называвшихся «священными животными». Дословно египетский жрец говорит следующее: «Они сотворили людей с крыльями* (см. часть III, подглавку "Вертолет"), *человекоподобных существ с козлиными ляжками, рогами на голове и конскими ногами, созданий, спереди имеющих человеческий облик, а сзади – лошадиный* (кентавры), *животных с человеческими головами, собак с рыбьими хвостами, змееподобных чудовищ и множество других самых разнообразных фантастических тварей»".*[33]

Армения: На урартских изделиях *"крылатые кентавры изображены в момент, когда они стреляют из луков..."* [34]

---

[33] Дэникен, Небесные учителя, стр. 34.
[34] Лэнг, стр. 119.

www.ingramcontent.com/pod-product-compliance
Ingram Content Group UK Ltd.
Pitfield, Milton Keynes, MK11 3LW, UK
UKHW041926190726
13854UKWH00003B/1460